AF449638

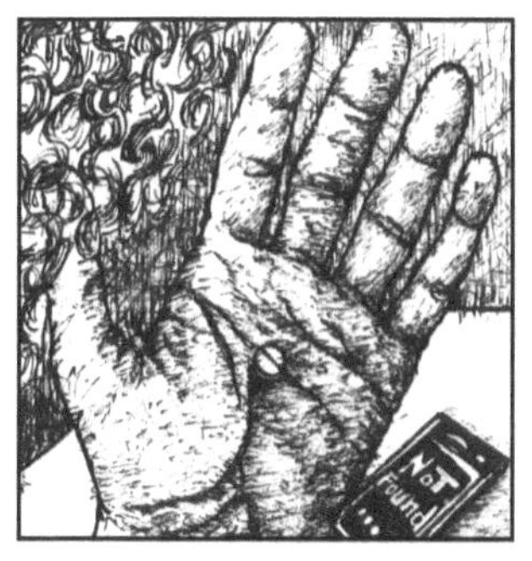

LEVEDAÇÃO

Jeder Janotti Jr.

*Ilustrações
de Tiago Acioli*

caderno listrado

1ª Edição, Recife, Abril de 2018

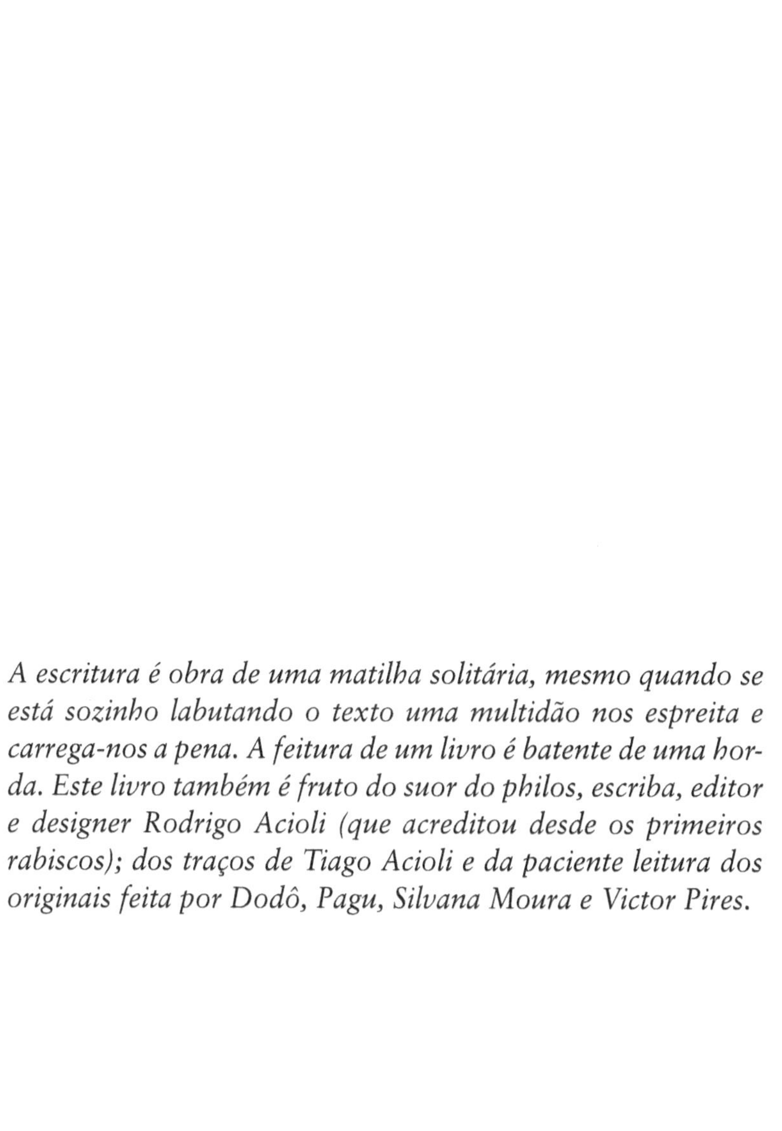

A escritura é obra de uma matilha solitária, mesmo quando se está sozinho labutando o texto uma multidão nos espreita e carrega-nos a pena. A feitura de um livro é batente de uma horda. Este livro também é fruto do suor do philos, escriba, editor e designer Rodrigo Acioli (que acreditou desde os primeiros rabiscos); dos traços de Tiago Acioli e da paciente leitura dos originais feita por Dodô, Pagu, Silvana Moura e Victor Pires.

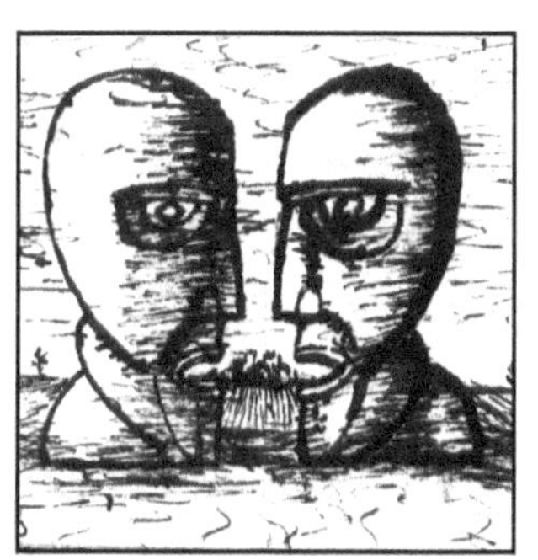

1 Quando cheguei a Montreal, minha bagagem era leve. Logo senti que meus casacos eram camisetas no inverno canadense. Não havia idílios ou complexos vira-latas, tal como lá, aqui era apenas um lugar. Mas um lugar mal-assombrado, cheio de demônios que habitavam a cabeça de um estudante de doutorado que se descobria como, somente, mais um migrante naquelas gélidas terras.

Montreal era um arremedo de sonhos multiculturais sustentados na argamassa da tolerância. Aprendi que tolerar é pouco. Fiquem aí, nós ficamos aqui, desviando nossos corpos de outros possíveis corpos, que muitas vezes não são corpos, mas quase corpos, de quase outros, que alternam vazios de uma cidade de intensas solidões. O meu inglês do Fisk mal dava para engatilhar uma conversa sobre meus desencantos.

Oficialmente o estado do Quebec é bilíngue. Transitar pela rica cidade subterrânea de Montreal era estar diante de sorrisos e carícias, distantes, mas afáveis. Estar embaixo da terra parecia a melhor maneira de sobreviver a menos de vinte graus abaixo de zero. Lá o underground era uma complexa rede de shoppings e cafés descolados. Todos fingiam entender quando se tratava de quanto custa, como posso pagar, enfim, sempre que eu acionava a incrível máquina de tradução - cartão de crédito- meu inglês tacanho se transformava em uma língua franca.

Na superfície, o charme europeu encravado na América. Igrejas, casas e universidades com tonalidades europeias em plena América do Norte. Incrustado em uma fenda espaço-temporal, Montreal possibilitava uma viagem à Europa, distante apenas cinquenta minutos, por avião, de Nova Iorque. Com acentos parisienses onde alguns entendem, outros tentam, e todos atendiam em um inglês mezzo fish and chips, mezzo hamburguer. Lá estava eu para um doutorado sanduíche em uma das mais prestigiadas universidades anglófonas, do Quebec.

Desde o momento em que peguei o primeiro táxi notei minha fragilidade linguística. Assim que dei as coordenadas ao taxista, possivelmente nascido em algum país falante de francês nas Antilhas, compreendi que ele não falava inglês. Tirei do bolso minha máquina de tradução- conhecida como bloco de papel - engatilhei meu lápis e entreguei-lhe meu endereço provisório em Montreal. Não haveria erro, exceto pela possibilidade de ter que pagar alguns trocados a mais, como já havia acontecido comigo tantas vezes em Recife.

O táxi me deixou em frente a um prédio de quatro andares, de tijolos vermelhos. Meu olhar acostumado aos grandes prédios do Recife refrescou-se com a circulação de ar que a baixa estatura da cidade permitia. Após descarregar minha mala, apresentei-me ao zelador em um inglês super econômico.

— Olá, meu nome é Paulo, sou o brasileiro que irá morar no 206

— Oi, tudo bem? Espero que tenha feito boa viagem. Aqui estão suas chaves, as regras do prédio estão ali, naquele quadro na parede. Temos uma lavanderia no prédio, custa dois dólares a lavagem e dois dólares para secar. Qualquer problema é só falar comigo

— Ok, muito obrigado

— De nada

Gaguejando minhas incertezas, calei-me. Segurei como se fosse um talismã as cópias das chaves de meu apartamento 1 e ½. Senti-me sem fala, mas sedento; eu ansiava pela famosa diversidade de cervejas locais ou talvez por um gole de qualquer coisa alcoolica para aplacar meus medos.

Após inspecionar meu habitat das próximas semanas, senti-me distante do lixo que corroía a universidade, as pesquisas e a vidinha lá nos arrecifes. Vi-me diante de um apertamento com cama kingsize, uma janela, uma mesa, uma mini-cozinha americana com armários, fogão, panelas. Larguei minha mala no armário, em frente ao banheiro, único cômodo destacado do resto. O banheiro devia ser o meio que acompanhava o 1 e ½. Mas ali, havia a promessa de outras coisas para além da #vidamerda dos arrecifes.

Eu estava em Cotê-de-Neige, um bairro de imigrantes, bem localizado, onde esperava encontrar várias *depaneurs*, nome local para nossos mercadinhos. Era só descer, afiar meu portunglês, trancar-me por fora. Em meus devaneios eu pretendia habitar Montreal como um híbrido de Kerouac, Bortoloto e Bukowski. Um escritor das bordas, com bolsa de doutoramento de 1470,00 dólares canadenses por mês. Mas, lá no fundo, meus demônios sussurraram:

"Mister pé-rapado!"

2 Com as chaves em uma das mãos, uma camiseta do Sepultura para marcar meu território, desci, dei bom dia a um senhor barbudo que saía do prédio carregando várias sacolas de compras. Lancei um olhar, sorri, ele sorriu de volta e abriu a porta para mim. Parecia que eu era um sujeito do mundo, pronto para desbravar o hemisfério norte. Um rapaz latino-americano travestido de velho roqueiro.

Eu ainda não era o Dyrt Old Man, faltava-me idade e estilo. Mas achava confortável diante dos meus trinta e dois anos sentir-me, de certa forma, um pouco passado. Não era o caso de falta de adequação ao epiteto velho roqueiro. Esta era uma roupa que me cabia bem, mas para alguém que sequer tinha chegado aos meados da vida, aquilo mostrava como havia diversas camadas de pele que me constituíam. "No you are never too old to Rock and Roll, if you are too young to die!"

Do outro lado da rua avistei uma loja que parecia misto de açougue, supermercado e conveniência. Pensei haver encontrado meu *depaneur*. Um dos poucos nomes que aprendi em uma guia na internet sobre "as particularidades de Montreal". Quando entrei só avistei cervejas Molson, que sabia ser estilo Ambev. Fugi delas. Munido de confiança avistei o senhor que me abrira as portas e perguntei-lhe em inglês:

— Onde fica o *depaneur*?

Fui fuzilado por seu olhar, ele fingiu não me enxergar. Virei-me atordoado para o balcão e disparei a mesma pergunta. A reação do balconista foi imediata, paralisado ele me olhava como se eu estivesse portando uma arma. Era meu primeiro grande aprendizado de sobrevivência na grande metrópole bilíngue:

— Desculpe-me, mas você fala inglês?

Em meu socorro apareceu uma balconista que educadamente, com um inglês fluente, cadenciado, perguntou-me devagar se eu poderia repetir a questão. Descobri que minha pronúncia para *depaneur* era incompreensível, pois mesmo quando dito em inglês, a palavra segue a acentuação francesa, daquele jeito que só os montrealenses possuem de falar inglês.

Após seguir as instruções encontrei-me finalmente dentro de um dos famosos *depaneurs* da cidade. Fui atendido de maneira gentil, surpreendentemente falante, por uma senhora que descobri ter vindo do Paquistão.

— De onde você é?

— Do Brasil

— Ah, eu amo os brasileiros. Quando você chegou?

— Hoje

— Ah, você vai adorar morar aqui. Montreal é uma cidade adorável

Apesar da conversa trivial, fiquei confiante em meu primeiro encontro com uma falante de Inglês. Se bem que demorei um pouco para compreender sua pronúncia para "Adoraaável". Peguei então meu six-pack de Boréal Rousse, a cerveja local sobre a qual eu havia lido no guia de viagem na Internet. Paguei, ainda sofrendo o jet-lag e pensei: "Tô feito! oito dólares vezes três, igual vinte quatro reais. É quatro reais a Boréal no mercadinho da esquina".

3 Naquele primeiro dia nada desceu direito. Os impostos no Canadá não estavam embutidos no preço, ao ver a soma na registradora notei que os oito dólares canadenses passaram a ser doze, pois além das taxas, eu teria de pagar pelos cascos das long necks, que no Brasil são descartáveis, ou melhor, acoplados ao preço final.

Agarrei meu six-pack como havia apreendido no cinema, segurando com a mão a caixa de papelão pela abertura. Naquele momento, senti-me um Kerouac tupiniquim. Era como se eu fosse parte de uma parede de escudos que unia todos os pretensiosos que já haviam segurado caixas com seis cervejas daquela maneira. Já estava na hora de desabitar dos meus demônios provincianos.

Abri a porta do prédio, passei por uma mulher em seus sessenta anos, maneie a cabeça. Para ela, eu era invisível, meu aceno não produziu qualquer efeito em sua maneira de encarar o mundo: em frente e direto, a típica habitante do mundo multicultural. Aquela senhora pareceu-me plana, como só a homogeneidade o pode ser.

Foi uma epifania. Minha fortaleza seria meu 1 e ½. Eu precisava de uma boa cagada e de um banho após vinte quatro horas entre aeroportos e baldeações. Eu esperara muito por estar ali. Acionei minha elegia terapêutica: " Não posso esperar nada, não devo esperar nada. Quem não tem nada a esperar não espera por nada. Então, qualquer coisa que pintar pode ser uma boa".

4 Na primeira manhã, depois de um sono suave cevado pelas six-pack e algumas páginas de Murakami, joguei-me às ruas com o firme propósito de montar meu abrigo provisório em meio ao pesado frio do outono. Passei em uma operadora de celular e com alguma dificuldade comprei o chip pré-pago que me fazia habitar o mundo, agora eu só tinha que desenvolver minhas habilidades sociais e começar a construir minha rede de contatos locais, que se já não eram grandes coisas em Brasilândia, imagine no Canadá.

Ainda faltava investir em outros complementos básicos: panelas, toalhas, pratos, talheres, produtos de limpeza. Munido das indicações de um grupo de bolsistas brasileiros no facebook fui direto a uma das lojas Dollaramas espalhadas pela cidade.

Quando entrei no Dollarama, notei que estava diante de outra importante instituição de Montreal. Com apenas vinte dólares era possível iniciar a equipagem de uma casa na cidade. Tal como os preços, quase todas as mercadorias das prateleiras eram descartáveis. O paraíso das bugigangas para parte dos habitantes que pululam pelas calçadas da cidade antes do inverno. Meus ouvidos começaram a perceber a cacofonia das línguas que sustentavam Montreal.

Precisei de controle, havia copos para cerveja, taças, barras de chocolates, detergentes, macarrão instantâneo, fiambre, feijão enlatado, pães, balas, bacon. Os Dollaramas, com suas fachadas verde e amarelo, passaram a ser um de meus redutos preferidos na cidade. Além de matar as saudades das cores que nos rotulam brasileiros, ali, meu inglês quebrado valia sua medida exata: um dólar!

Havia lido, antes de embarcar, sobre a variedade culinária de Montreal. Restaurantes com sabores do mundo, várias opções de alimentação saudáveis, produtos orgânicos que não seguiam a cotação do ouro como acontece no Brasil. Mas o inferno somos nós. Pensei que havia deixado meus demônios instantâneos nas encruzilhadas do Recife, mas eles viajaram comigo, sentavam na mesma poltrona que eu, e sem cerimônias, dormiam em minha cama, puxando minhas cobertas. O macarrão lámen era o alimento universal, dos campings à Montreal, macarrão instantâneo era o prato da globalização, dois por um no Dollarama. Meus demônios começaram a entoar mais um de seus estranhos mantras:

"Mister Nissin Miojo!"

Notei que uma das marcas da cidade dita sustentável era uma cadeia de lojas com produtos descartáveis produzidos em países com mão de obra barata. Alimentação industrial acessível. Imaginei-me empanturrado com deliciosos corantes, amaciantes e aromas idênticos aos naturais. Fiz as contas, se começasse naquele instante a direcionar minha voracidade alimentar para aquela instituição do Quebec, eu poderia iniciar um fundo de investimentos, sem sobressaltos, para futuras aplicações no consumo de livros e cervejas artesanais.

Na porta da loja vi um aviso que dizia ser desnecessário trazer suas próprias sacolas, o contrário do que sabia ser incentivado nos supermercados da cidade, pois as lojas cediam sacolas plásticas aos seus clientes sem cobrarem por isso. Outro aviso dizia que a loja era vigiada por câmaras e seguranças atentos aos prováveis furtos. Cidadão do mundo, eu conhecia bem esses avisos, eu sabia me movimentar por aquelas prateleiras. Enfim, eu estava em casa.

Naquele dia fui apresentado a um interessante jogo que se desdobra na hora do lanche das escolas situadas próximas aos Dollaramas. Como em um filme mudo, sem palavras, apesar da algazarra dos adolescentes, o segurança da loja seguia performaticamente os movimentos das dezenas de estudantes que adentravam a loja. Os estudantes por sua vez esperavam algum descuido para afanar um pacote de balas ou um chocolate. Eu me territorializei. Senti-me um *connoisseur* das artimanhas globalizadas.

Um tanto perplexo, frequentador das Lojas Americanas, perguntei-me: "Por que não havia etiquetas eletrônicas para coibir os furtos no Dollarama?"

Tive uma iluminação. Não havia etiquetas eletrônicas porque as perdas eram parte do cálculo, o suplemento do multiculturalismo. Era muito dispendioso, tanto financeiramente como temporalmente, individualizar aqueles milhares de itens que eram ofertados para descarte rápido. Mas até aí, havia algo a aprender, as sacolas de plásticos são ótimas substitutas dos sacos de lixo, o que acrescentou mais algumas moedas à caixinha da cerveja.

Atravessar o pluralismo cultural começava a mostrar suas vantagens. Ao mesmo tempo em que eu me distanciava, quase feliz, da Ambev, eu descobria que reconhecer-se com pouca disposição monetária era o início do caminho para "viver mal, não pior!".

Eu nunca fui purista, se a coisa apertasse, se a vida fosse mais difícil do que essa primeira caminhada me fez supor, as cervejas Molson, strong beer com sabor "milhovisqui", tal como o arsenal de quinquilharias das lojas de um dólar estavam ali, ao alcance, em qualquer mercadinho, prontas para aliviarem a penúria.

Mas não há um lugar onde se possa encontrar tudo. Notei que tirando as minúsculas frigideiras para fritar ovos estilo *breakfast* e assadeiras, não havia panelas. Possivelmente pela limitação do preço máximo de quatro dólares, as panelas não cabiam naquela engrenagem econômica. Senti saudades de minhas velhas cuscuzeiras, compradas no Mercado São José. Resignado, juntei minhas coisas, segui para o caixa.

Como o ambiente no Dollarama era favorável aos diferentes, dirigi-me à moça do caixa:

— Desculpe-me, mas sabe onde posso comprar panelas?

— Oh, o senhor pode ir à Simons, apesar dos preços não serem tão baixos, é uma loja com produtos de qualidade, que duram bastante

Fora da loja saquei meu celular, o Google Maps indicou que bastava pegar a linha verde do metrô, descer na Peel Station para chegar à Simons. Pensei em comprar a panela, passar em um *depaneur*, voltar para casa, fazer um macarrão instantâneo e relaxar. Afinal, mesmo o mais abnegado dos budas levedados não se refaz de uma viagem de 24 horas em apenas um dia.

A Simons ficava no coração comercial de Montreal, na Rua Sainte-Catherine, Centre-Ville. Ela era parte do complexo de shoppings da "cidade subterrânea". Embasbacado me vi em um filme de glamour, estilo Hollywood. Eu estava na Montreal dos cartões-postais, o mito da cidade underground que se movimentava intensamente. O que se via ali era uma mistura de turistas com cartões de créditos abastados, jovens vestidos nas últimas tendências, montrealenses abonados, pedintes e passantes. Todos trafegando pelas calçadas cercadas de antigas construções. Eu me senti deslocado, aquele não era meu lugar, mas eu precisava das panelas para dar conta de minha primeira refeição produzida em solo local.

Adentrei as portas giratórias da Simons. Vi-me diante de um festival de cores de roupas de inverno, das mais diversas texturas. Casacos que nunca seriam usados no Brasil, pois mesmo na serra catarinense poder-se-ia morrer de calor com eles. Vi várias calças de veludo, uma das minhas taras de consumo, que pensava serem Velvet e aprendi lendo a etiqueta serem Curdroy. Mas onde estavam as panelas? Algo estava fora da casinha. Panelas em uma loja tipo C&A?

Rodei toda a loja. Passei por todas as seções. Deparei-me com lustrosas vestimentas para a prática de esqui, bolsas de couro, calças, mas não avistei panela alguma. Então a ficha caiu: "Com meu sotaque recifense quando disse pans, soou como pants. Eu quis soar universal, cai no buraco da singularidade".

Aprendi que Montreal era uma cidade com diversos níveis de bilinguismo. Havia bilíngues que falavam três línguas, habitantes do platô reservado aos semideuses. Havia bilíngues 1 e ½ , que como eu viviam no mundo dos quase visíveis. Havia bilíngues que só falavam suas próprias línguas, bilíngues monolíngues, visíveis só para seus próximos. Havia também bilíngues sem língua, que se quer balbuciavam suas línguas. Estes eram os invisíveis, os sustentáculos das Cosmópolis. Afinal, alguém tinha de fazer o trabalho sujo.

Sorrindo, lembrei-me que poderia ter dito pot, e aí todos me entenderiam, eu estaria com minha panela em mãos, ou quiçá com um punhado de marijuana.

Permitir-se rir de si mesmo seria uma ferramenta terapêutica importante para atravessar o inverno em Montreal. Assim como beber cerveja a temperatura ambiente de dois graus prescindia da geladeira, macarrão lámen podia ser preparado em uma tigela com água quente (da torneira).

Voltei para minha morada provisória, mas antes dei uma passada no mercadinho próximo ao meu apartamento e repeti uma cena que seria uma de minhas performances preferidas em Montreal: agarrar desleixadamente um six-pack de Boréal Rousse, e tal como Zeca Pagodinho, deixar a vida me levar.

6 Após diversas conversas por e-mail marquei o primeiro encontro com minha supervisora acadêmica no Canadá. Passei cedo na estação de metrô e paguei noventa dólares pelo mês inteiro de transporte público. Era admirável pagar apenas uma quantia que permitia trafegar pela cidade durante todo o mês. Eu era livre para estar à deriva em Montreal. Mas naquele momento eu estava paralisado, imaginando a batalha que seria conversar em inglês com uma professora de uma das famosas universidades do Canadá.

Para amenizar os danos mentais, digitei o endereço da faculdade de artes da McGill, localizei no mapa o prédio do escritório onde seria o encontro e evitei gastar minhas poucas economias em língua inglesa antes de estar face a face com minha supervisora, reconhecida por seu trabalho sobre o underground das cenas artísticas do primeiro mundo.

Procurei pensar em coisas legais, enquanto ouvia Empyre of the Clouds, do Iron Maiden: as paisagens do Senhor dos Anéis, a muralha de Games of Thrones e a Praia do Sossego, em Itamaracá. Essa última imagem invadiu as montanhas sombrias e as neves da literatura fantástica como um contraponto ao frio que já me parecia um pouco excessivo ainda no outono.

Eu estava fascinado com a solidão em matilha que as novas tecnologias podiam me proporcionar. Acoplar os fones wi-fi ao celular possibilitava transformar minha inépcia social em uma armadura que me protegia dos contatos indesejáveis. A tecnologia wireless era um escudo que me ajudava a evitar os desconfortos de minha inaptidão linguística.

Eu navegava pelo centro de Montreal. Um autêntico autista multicultural. Senti-me pronto para investir meus parcos dividendos linguísticos no mercado acadêmico.

Como cheguei cedo dei uma passada na Paragraph, uma simpática livraria com café à la Starbucks. Lá encontrei todos os Kerouacs que me interessavam. Por vinte dólares comprei meu preferido, The Dharma Bums. Era a décima vez que leria este livro. Dharma Bums permitia a desterrados como eu, imaginarem-se bêbados, escritores e zen.

Sempre que relia Dharma Bums acabava achando que era cedo para exercer o zenbundismo e tarde para escrever. Restava-me sempre, sentir-me o beatnik dos trópicos, ou seja, ficar embriagado, esquecendo que a atmosfera em que Kerouac viveu tinha mais de cinquenta anos de distância de minha época.

De novo, eu era um quase habitante da Cosmópolis. Vi-me, finalmente, lendo meu autor favorito em sua escrita original. Havia um truque, já que, após inúmeras leituras da tradução em português, eu conhecia de cabo a rabo as andanças, rabugices e epifanias de Jay Smith, alter ego de Kerouac ao longo do livro. Tive uma pequena revelação com aquele livro em mãos, de alguma forma eu manejava uma outra língua, mesmo que não fosse propriamente o "inglês".

Na hora de pagar pelo livro tive consciência de que a linguagem das pequenas transações econômicas já não me deixava passar vergonha. Em três dias eu já entendia, tanto em francês, como em inglês, as duas canônicas perguntas montrealenses:

— Bon jour, Hi!
— Você tem nosso cartão de pontos?
— Não
— Você quer uma sacola?
— Não

Segui, com meu livro na mochila. Cheio de inseguranças. ruminava sobre o quanto eu era constituído de insatisfações. Quando entrei no mestrado achava que ler em inglês seria o suficiente, agora no doutorado eu queria parecer fluente, depois acharia limitado, talvez quisesse aprender uma terceira língua. Tudo era, sempre, muito pouco.

Com a mente em devaneios cheguei ao escritório de Elizabeth Shopbi, minha supervisora no Canadá. Nervoso, fiquei sentado apreciando os livros nas prateleiras, a desorganização pretensiosa de quem consulta as fontes e a máquina de Nespresso verde, situada estrategicamente no canto do escritório.

Vestida de forma elegante, mas casual, botas, jeans e blusa de gola preta, Elizabeth, uma mulher morena, rosto suave, magra, em torno dos cinquenta anos, apresentou-se em um inglês cadenciado, característico dos anglófonos que transitam no mundo acadêmico de Montreal.

— Paulo é um prazer recebê-lo aqui, será muito bom aprender sobre a cena artística da cidade de Recife. O Brasil nos ajuda a sair do eurocentrismo – quero dizer, do pretensioso olhar do hemisfério norte. Como estão as coisas em Montreal?

— Bem, obrigado

— Esse frio deve ser novidade para você

— Diferente, mas ok

— Acho que você aprenderá que o clima é o tópico principal das conversas sobre Montreal. Mas vamos falar sobre coisas mais interessantes, como por exemplo, seu plano de trabalho. Achei esse programa brasileiro, sanduíche, muito interessante. Uma oportunidade e tanto para um estágio acadêmico. Você tem algum compromisso? Que tal um almoço? Tenho uma hora antes de minha aula à tarde

— Ok

Tentei pensar em alguma saída estratégica. Eu estava apavorado, entender aquela enxurrada de palavras me custou muita concentração e capacidade de tapar os buracos. Havia poucas sobras de meu inglês para uma reunião, quanto mais para um almoço. Recalcitrado pelo nervosismo, comecei a vomitar verbalmente sobre a produção cultural brasileira underground, o papel do cinema pernambucano, a supervalorização da música popular brasileira, a revolta das caçarolas em Montreal e minha paixão pelo heavy metal. Abri a torneirinha de asneiras e cuspi um jato represado de carências verbais em cima de minha supervisora.

Elizabeth procurava entender o que eu supunha dizer, inclusive meu vazio linguístico. Não era fácil, em meu jorro verbal o passado virava presente simples, as preposições eram fisgadas aleatoriamente e os verbos compostos viravam neologismos.

Fomos almoçar no Clube dos Professores, uma imponente construção de pedra com dois andares. No Faculty Club só era permitida a entrada de professores da McGill e seus convidados. Parecia que eu estava na Hogwarts School. Havia um abismo entre a vestimenta alinhada de minha supervisora, o ar gótico do lugar e meu uniforme casual: camisa de banda, tênis, calça jeans. Vira-lata de mim mesmo, não me apequenei. Bebi o vinho ofertado pela professora, pedi cordeiro com hortelã e falei o quanto as cervejas artesanais de Montreal eram parte importante de minha adaptação.

— Paulo, se eu soubesse teríamos marcado a reunião no Copacabana, meu bar preferido em Montreal

— Sério?

— Adoro fazer minhas reuniões no Copacabana. Da próxima vez iremos pra lá, ajudará em sua adaptação à cidade

— Maravilha!

— Antes que esqueça, estou ministrando um seminário, Estética, Mercado e Produção Cultural. Gostaria que você participasse. As aulas são nas terças-feiras. Será bom você conhecer minhas alunas e meus alunos, quem sabe trocar leituras e impressões com eles

— Oh, seria ótimo, mas sabe, estou inseguro com meu nível de inglês

— Não se preocupe, com o tempo isso se resolverá

Não me restavam sequer pontos e vírgulas para gastar. Após o café, eu só pensava em ir para casa, sair rapidamente dali. Paradoxalmente, eu era um fã de metal oprimido pela atmosfera gótica do Clube dos Professores. Um lugar onde não se podia mencionar dinheiro, o cardápio era só a lista de pratos e vinhos, sem preços. Elizabeth explicou-me que as contas eram debitadas nos contracheques dos professores da McGill. Nunca soube quanto custou à minha supervisora aquela cortesia. Esgotado, despedi-me e saí aliviado em direção à McGill Station.

No metrô percebi que respirava com dificuldades, a poliglossolalia ao meu redor machucava-me os tímpanos. Senti os sintomas da exaustão linguística. Troquei Heaven and Hell do Black Sabbath que escutava nos fones pela música Nicarágua, da banda baiana Cascadura. Eu precisava de dois sedativos; ficar sozinho e pensar em português.

Restavam-me somente uns poucos trocados linguísticos. Ao descer do metrô entrei no primeiro *depaneur* e pedi vagarosamente:

— Eu gostaria de um six-pack Boréal Rousse, por favor?

O indiano que parecia ser o dono do mercadinho apontou com a cabeça para uma sala refrigerada. Entrei e peguei minhas cervejas em meio a dezenas de marcas. Eu teria de fazer uma longa pesquisa de campo para conhecer aquela multiplicidade de cervejas.

Sem conseguir dizer uma palavra paguei, peguei o troco e voltei pro meu apê 1 e ½. Aquele era um país conhecido pelos seus amplos espaços naturais, mas o que eu sentia era a compactação dos migrantes em cubículos. Só me restavam forças para viajar ao redor de minha própria cama e praticar levedação. Coloquei meus fones. Escolhi Belchior em seu momento mais rock: "Tenho sangrado demais, tenho sofrido pra cachorro, ano passado eu morri, mas esse ano eu não morro".

7 O apartamento onde eu estava era para apenas um mês, logo tive que bater pernas pela cidade para procurar outro poleiro para habitar. Como não consegui me socialiazar com pessoas que poderiam dividir um apartamento comigo, eu tive deixar Côte-de-Nége e me aventurar por outras praias.

Eu não tinha paciência para pesquisar dezenas de apartamentos. Pelo preço do aluguel, o ideal seria dividir um apartamento três quartos com outros estudantes e ficar próximo à McGill. Quem sabe morar em Mile End, famoso bairro da cena pós-rock de Montreal, lugar de origem da banda Godspeed You! Black Emperor. Um ponto charmoso com *bagels*, cafés e bares para quase todos os gostos. Menos para os meus, que tinha urticárias com a tal socialidade. Mais uma vez habitar a matilha solitária cobrou seu preço.

Após uma rápida olhada na internet decidi concentrar minhas buscas no bairro Notre-Dame-de-Gracê, NDG. Lá era possível achar uma quitinete por cerca de 350 dólares canadenses. Depois de olhar três, decidi-me pela segunda opção, um apertamento na Somerled Avenue, em frente ao Dollarama, próximo a pizzarias baratas, supermercados, restaurantes e o principal, com parada de ônibus na frente do prédio.

NDG era um bairro peculiar. A parte da Somerled, onde ficava o apartamento que aluguei, era um lugar de pequenos prédios avermelhados, de tijolos aparentes, com dois bares e várias casas comerciais. Duas quadras abaixo, o lugar se transformava num bairro de casas, com grandes carros, uma vizinhança classe média cercada por escolas secundaristas de língua inglesa. Mas em Montreal as divisões linguísticas eram fluídas, na área dos apartamentos havia vários imigrantes do continente africano que habitavam a cidade através da língua francesa, ocupando os pequenos apartamentos da Somerled. E havia ainda os monolíngues, imigrantes da Àsia e da América Latina, em sua maioria, que viviam fechados em suas línguas maternas e que, apesar de anos em Montreal, mal arriscavam-se nas línguas locais.

Uma questão central era o deslocamento. Antes da qualidade da moradia ou das facilidades em seu entorno, eu pensava no tempo entre o ponto de ônibus e a universidade. Para ir até a Mcgill era só pegar um ônibus, descer na estação Vendôme ou Villa Maria, seguir na Orange Line mudar para a Green

Line e descer na McGill Station. Parecia muito aos olhos de um brasileiro, mas eu estava diante de um sistema de transporte diferenciado, com opções e horários precisos, cujas trocas eram um pequeno desconforto quando comparadas aos perrengues do transporte público de Recife.

Mudei no domingo. Meio temeroso por tocar a campainha de Bob, o *janitor* do prédio, no final de semana. Logo aprendi que a principal função de um *janitor* é estar disponível, independentemente do dia. Uma mistura de zelador, vigia e inquilino, mediador entre as demandas dos moradores e os donos dos prédios, os landlords, que na língua inglesa eram literalmente os feudais donos da terra. Os janitors eram parte de uma das principais engrenagens econômicas da cidade, a locação de imóveis. E mostravam que um de nossos resquícios escravocratas, os porteiros, também tinham lugar por ali.

Montreal congregava diversos tipos de investidores na indústria da moradia de aluguel. Desde pequenos proprietários que possuiam apenas um prédio, até grandes corporações que eram donas de vários imóveis na cidade. Havia imóveis disponíveis para um vastíssimo cardápio econômico. Ao contrário do Brasil, cujos prédios possuem apartamentos de proprietários diversos, em Montreal os prédios são gerenciados como propriedade única, máquinas triturantes do negócio imobiliário.

Tive uma inspiração musical que materializou minha condição de habitante do hemisfério norte. Em meus primeiros passos no mundo do rock eu cantava loucamente a canção Cold Gin, do Kiss. Na época, fui buscar nos dicionários o significado dos versos: "The girl's next door, her lights are out yeah/ My landlord's gone, I'm down and out". Intrigava-me a ideia de que o proprietário era alguém próximo que habitava o mesmo lugar do personagem cantado por Gene Simmons. Mas em Montreal, eu tinha não só meu próprio landorld, eu vivia com o feitor e o escravo. Cantei mais uma vez: "It´s time to leave and get another quart/Around the corner at the liquor store/The cheapest stuff is all I need/To Get me back on my feet again".

8 Decidi montar minha casa e aproveitar o final de semana para adentrar minha nova caverna. Após limpeza básica e primeira utilização da lavanderia coletiva fui ao supermercado. A carne vermelha era inviável, mas o porco, a mais deleitosa carne entre as que eu conhecia era relativamente acessível. Comprei uma costela, uma assadeira de alumínio descartável e uma garrafa de um litro de vinho tinto.

As diferentes medidas culturais já começavam a me fazer enxergar a cidade de outra maneira. Uma garrafa de vinho de um litro já era uma pedida mais adequada do que as padronizadas 750 ml que eu encontrava no Brasil. O gosto genérico e sem aquela baboseira de castas de uva era legal. Vinho para beber em copo. Comecei achar que era tudo uma só #vidamerda. Tal como lá, aqui era um lugar de divisões econômicas bem precisas.

O tempo estava relativamente ameno, 10 graus, sol. O pardieiro, vulgo 1 ½ estava conectada ao meu imaginário bukowskiano. Cozinha no mesmo lugar que o quarto, exaustor, cama king size, armário, uma mesa com dupla função, refeições e trabalho, uma geladeira e um banheiro com água quente. Acendi o forno, usei de modo comedido um pouco do vinho para besuntar as costelas, acrescentei sal, coloquei algumas batatas para cozinhar. Munido de um copo grande que havia comprado no Dollarama, despejei o vinho e como em uma paisagem saída de cena de literatura rastaquera, deite-me na cama e abri The Dharma Bums.

O momento de sublimação foi interrompido pelo alarme de incêndio que apitava de modo intenso, meus olhos lacrimejavam com a fumaça da carne posta no fogo. Abri a porta que dava para a varanda coletiva, o alarme parou, mas eu não sabia o que fazer. Ninguém bateu a minha porta ou reclamou. Entre aberturas de porta da varanda e olhares imbecis para o alarme consegui terminar de assar as costelas, sentei no batente de minha porta na varanda para aliviar minha incompetência para habitar aquele pequeníssimo espaço. Quando olhei para dentro do apartamento descobri que havia locado um micro-ondas, tudo cheirava a gordura de porco. Bastava acender o formo, que até minhas roupas ficariam defumadas.

Envergonhado com o alarme e sem saber o que fazer, apertei a botão da portaria onde estava escrito *janitor* e contei minha estória.

— Bob desculpe-me incomodá-lo, mas há um problema com o alarme de incêndio. Basta eu colocar algo no fogo que ele apita. Parece que eu não posso acender o fogão sem que o alarme dispare

— Ah, você não desconectou o alarme, só um minuto que subo e te explico como funciona

Bob apareceu com cara de quem estava dormindo e de bom humor. Ele explicou que todo mundo desligava os alarmes, que deveriam ser recolocados em seus devidos lugares assim que a visita de inspeção dos bombeiros fosse anunciada.

— Mas como saberei quando é a visita dos bombeiros?

— Não se preocupe, eles mandam um aviso antes e aí eu digo a todos moradores. Só não pode deixar de ligar o alarme se não o prédio é multado

Ganhei sabedoria em mais uma lição que a vida em outro país exigia. Todo mundo desligava seus alarmes de incêndio, pois a julgar pela fumaça engordurada que compunha a paisagem de meu poleiro, se todos os apartamentos tivessem seus alarmes ligados estaríamos diante de uma sinfonia de sirenes. Resolvido o problema do barulho, restava me saborear as costelas, tomar meu vinho, deixar de pensar no que aconteceria se houvesse um incêndio e acostumar-me ao cheiro de fumaça engordurada que entraria pelas fibras de minhas roupas durante toda minha estada em Montreal.

9 Seria legal se fosse possível viver uma hibernação social em Montreal. Mas eu precisava da solidão em matilha. Helena, namorada de um amigo de Recife, havia insistido na importância de um apoio na chegada e contra minha vonta-de, ela havia entrado em contato com Érika, uma dançarina do Rio que estava fazendo doutorado em Montreal.

Érika foi uma espécie de tábua de salvação contra minha prepotência latino-americana, pois sem a companhia dela minha estada ali teria sido ainda mais dura. Dobrei-me aos seus esforços para me ajudar após inúmeros e-mails que havia deixado em minha caixa postal sem respostas.

Quando vi que estava embarcando, já na segunda semana, em uma descida ao fundo do poço social, tomei coragem; gaguejando em português liguei para o celular que Érika havia me enviado e perguntei-lhe se era possível tomarmos um café para que ela me desse umas dicas sobre a cidade.

— Oi Paulo, estava achando que você havia desistido do doutorado sanduíche. Helena pediu-me várias vezes para dar-lhe uma força. Será massa te dar umas dicas sobre a cidade

— Mas Érika, eu não quero atrapalhar suas aulas e com-promissos aqui

— Deixe de bobagem, vamos fazer o seguinte, ao invés de um café vamos sair, tem uma festa na casa de um amigo, assim você pode ir se enturmando. Que achas?

— Será que não vou atrapalhar?

— Que nada, será ótimo. Podemos ir à festa na casa de Jeff e depois, outro dia, saímos sozinhos. Helena me falou que você é da turma do rock, Montreal é cheia de lugares legais pra você bater cabeça!

— Valeu!

— Vejo você amanhã! Um beijo

— Beijo, até amanhã

Era o meio da tarde, a temperatura estava amena, cerca de nove graus. Resolvi ir à loja da HMV, um antigo fantasma da época das grandes lojas de discos, que ainda funcionava na Saint-Catherine, a avenida central do comércio de Montreal, ponto obrigatório de todos os turistas descolados que passavam pela cidade.

De antiga loja de CDs, a HMV havia se transformado em um mercado de quinquilharias da cultura pop. Havia bonecos, canecas, camisetas, pijamas, pulseiras que iam do revivido Pokemón aos seriados televisivos de roqueiros como Sons of Anarchy. Havia ainda um andar só para discos. Os discos não desapareceram de uma hora para outra; mas de mola mestra da indústria da música eles se tornaram obsessões de ineptos nostálgicos que, como eu, não conseguiam livrar-se do ato de compra de algo palpável, mesmo que o mesmo conteúdo estivesse disponível no Spotify.

Só que não! Nem tudo estava disponível no Spotify, nem todos os Cds estavam disponíveis no Brasil. Na HMV encontrei todos os Cds de uma de minhas paixões musicais, a banda californiana Tool. Sem pensar em impostos por operações no exterior ou na cotação do dólar, comprei 10000 Days, Aenimas, Undertow e Opiate. Apesar de ser uma banda cultuada, os discos estavam à venda como se fosse à xepa, dois por quinze dólares.

10 Havia um pequeno problema para terminar aquela terça-feira de maneira satisfatória. Eu havia trazido meu notebook, meu celular e fones de ouvido, mas não tinha caixas. Saí andando a esmo, seguindo pela Saint-Catherine, sentido a ansiedade pós-compra puxar meu nível de quase felicidade para baixo. Estágio perigoso que me levou a alguns gastos não previstos.

Ao passar em frente à loja das famosas botas Dr. Martens não resisti ao apelo melancólico das botinas verdes que me travestiriam de roqueiro em alguém quase descolado. Eu não teria como ter aquelas botinas no Brasil, lá esses pisantes eram inacessíveis.

Mesmo com toda minha incapacidade comercial, imaginei vários meios de complementar minha bolsa vendendo botas Dr. Martens para brasileiros. Meus delírios só não deram conta da logística. Pensei até em acionar uma suposta rede de viajantes brasileiros que levariam as botas nos pés. Diante de minha inaptidão social qualquer um (que não estivesse em depressão pós-consumo) veria que aquilo era um surto de culpa pelos gastos excessivos.

Não fui direto para casa quando desci do ônibus. "The cheapiest sttuf it was all I need". Antes, comprei um six-pack de Sleeman Red na *depaneur*. Entrei em casa esbaforido de culpa, acendi a luz, liguei o computador, rasguei com os dentes o plástico do CD Undertow, aumentei o som enquanto olhava para as lindas botas verdes que havia calçado desde que as comprei na Dr. Marteen. Lembrei-me que a primeira vez que digitei Undertow no tradutor do Google e apareceu ressaca. Desde aquele dia pensava que o título estava ligado ao grande sucesso do álbum, a faixa Sober. Mas uma das palavras que qualquer roqueiro brasileiro incorpora ao seu repertório linguístico é *hangover*. Só recentemente, lendo mais um pouco, havia me dado conta que ressaca, neste caso, estava ligada à correnteza, à força das águas. Não importava, quando passei por Salvador aprendi que "Comer Água" era equivalente a beber sem amarras. Quiçá na Califórnia *undertow* sintetizava as duas coisas, tal como a palavra ressaca em português.

Buscando serenidade agarrei-me com ferocidade à crueza do canto de Maynard Keenan James, vocalista do Tool:

"Jesus won't you fucking whistle/Something but the past and done? Why can't we not be sober? I just want to start this over/ Why can't we drink forever/ I just want to start things over"

11 Combinei encontrar com Érika na sexta-feira. Quando eu era pirralho, sexta era um dia quase sagrado. Maria, uma antiga namorada, certa vez me deu a real.

— Ei Paulo, há quanto tempo você não fica em casa em uma sexta-feira?

— Não faço a mínima ideia. Acho que é um ritual, uma obrigação para com os dias que ficaram para trás durante a semana

— Pois, tá ligado, amadurecer passa por descobrir que ficar algumas sextas em casa tem lá seu valor. Tipo gastar menos grana e trepar sem estar doidão

Mas aqueles foram tempos de outros ritos. Já fazia uns dois anos, desde que comecei o doutorado, que eu havia aprendido o valor de levedar em casa. Mesmo porque quem começa a se incomodar com os turistas noturnos que se materializam nos finais de semana, aprende que existem quintas, segundas e quartas. Sextas em casa, juntando dinheiro, bebendo cerveja do supermercado foi um aprendizado que parecia materializar de alguma forma a passagem para os novos tempos que viver exigia.

O que me incomodava nas sextas em casa não era mais a angústia de sentir-me trancado. Como se as noites do final de semana fossem maiores do que minha capacidade de criar mundos habitáveis. O que me aborrecia, pouco antes de mudar para Montreal, eram os sábados dos arrecifes. Se eu acordasse cedo e resolvesse sair, mesmo para um passeio de bicicleta, eu seria dragado para o mundo das famílias descoladas da classe média local. Era o universo dos supostamente felizes frequentadores da Livraria Cultura, dos shows das envelhecidas apresentações da turma do Mangue Bit. Gente esclarecida, branca e bacana que prezava pela tradição casa grande & senzala: babás de uniformes, mal pagas, tratadas como resíduos que tomavam conta das crianças mesmo nas saídas do fim de semana. Mas afora as babás, logo descobri que as paisagens dos sábados nas livrarias e nos parques não eram, assim, tão diferentes do Brasil.

De todo modo, aquela sexta em Montreal prometia ser diferente. Longe das rotinas do hemisfério sul, eu não conseguia mais diferenciar os dias da semana. Todos os dias pareciam terças. Mas aquele convite para sair, uma vontade de ver o corpo de onde saía aquela voz carioca funcionou como uma máquina do tempo. Minha ansiedade pós-primeira noite de fim de semana havia voltado. Eu sabia que era um simples convite para uma festa com outras pessoas. Eu não queria notar, mas os primeiras comichões da abstinência começavam a aflorar. Se ao menos a punheta funcionasse como remédio eu poderia viver, quase feliz, ao redor do meu quarto.

Mas minhas sextas haviam se transformado em segundas remosas. Eu comprava um vinho genérico, prostava-me diante do Redtube, escolhia uma cena com dois casais, obrigava-me a esperar pelo menos dois minutos até o pau ficar duro sem a ajuda da munheca, lambuzava a mão de shampoo e gozava freneticamente esvaziando toda minha inépcia social em um bocado de porra. Depois, caso estivesse muito bêbado para levantar, me limpava no lençol e voltava aos livros e ao vinho barato.

12 Mandei uma mensagem de texto para Érika combinando o lugar do encontro. Eu não queria chegar em uma festa sozinho, afora a voz de Érika, eu não conhecia ninguém por lá. Provavelmente, parte dos convidados utilizavam o francês como língua social, o que me deixaria em apuros, afundado em minha inépcia gregária.

Para facilitar as coisas, apesar do frio, combinei que estaria vestido de preto, com um casaco de couro aberto, e uma camisa com o logo da banda Motorhead. Performando o lobo roqueiro, postei-me na saída da estação Mont-Royal. Lemmy Kilmister, o ícone do metal, fundador do Motorhead, serviria de escudo para aquela noite. "Born to lose, live to win".

Quando senti um toque em meu ombro, olhei pro lado e vi uma mulher pequena, de cabelos negros, magra, sorridente. Aos meus olhos, ela parecia uma montrealense com um pouco de expansão corporal. Apesar de meus medos, logo que ela me cumprimentou com beijos no rosto, desembestei a falar como fossemos antigos conhecidos.

— Porra, Paulo, se não fosse Helena, eu não teria como te encontrar. Não sei se você sabe, mas é comum os bolsistas brasileiros se ajudarem. É um prazer fazer isso!

— Poxa, desculpe-me, mas eu não queria incomodá-la. Você tem sua vida aqui, eu estou apenas chegando. Não me sinto bem fazendo este tipo de coisa

— É só uma força, nada demais. Tenho prazer em apresentar essa cidade. Montreal é um lugar especial para mim. Estou fazendo meu doutorado e aproveitando tudo que posso desta oportunidade de viver fora por uns tempos

— Qual é a da festa? Quem vai estar lá?

— Uma turma bem eclética, de diversos cursos. Apesar de ter feito dança na UFRJ, meu doutorado é em história da arte. No começo foi difícil, geralmente os departamentos de artes não enxergam dança como arte. Mas a turma é divertida

— Mas a Mcgill é meio esnobe, não?

— Acho que ela é uma universidade inglesa no meio do Quebec. Tenho vivido muitos aprendizados na Mcgill. Sempre estudei francês no Brasil e só quando decidi fazer o doutorado fora comecei a aprender inglês. Foi difícil, mas hoje me sinto quase trilíngue

Eu invejava aquele modo tranquilo de transitar por diferentes mundos. Já me sentia intimidado. Toda aquela sensualidade e abertura não pareciam abrir espaço para um *headbanger* conservador e mal-ajambrado como eu. Meu olhar esfomeado não conseguiu evitar as pontas dos peitos sem sutiã que transpareciam pela camiseta de Érika.

De novo eu já colocava a carroça na frente dos bois. Com apenas alguns e-mails, trocas de mensagens e poucas palavras eu já imaginava um namoro com Érika. Mais sintomas de minha falta de sexo misturada ao idílio afetivo. Será que eu estava infringindo alguma regra do mundo dos seres intangíveis e das coisas impossíveis? Seria eu enquadrado em alguma prática de assédio imaginário?

Em meus delírios, perdi parte do que Érika me dizia, eu apenas ouvia sua melodia em português e pescava uma palavra ou outra para continuar a conversa.

— Vamos parar no supermercado para comprar cerveja. É um encontro com cara dos estudantes de Montreal. BYB- Bring your Bottle. Os donos da casa fazem a comida e cada um leva o que quer beber

— Tranquilo. Só tenho bebido Boréale Rousse desde que cheguei. Acho que vou arriscar outra marca de cerveja.

— Sincronização. Eu nem arrisco outra. É a minha cerveja preferida. Alguns rótulos me deixam louca, como Fin du Monde. Mas tenho minhas preferências. Boréale Rousse é uma delas. Podemos comprar uma caixa de doze juntos. Sai mais barato.

— Se você diz, quem sou eu pra discordar?

Despejado de meus sonhos bukowskianos, abri mão do six-pack, mas ascendi à esperança andando pelo platô dividindo o peso de uma caixa de cerveja com Érika. Para mim, os olhares fugidios dos transeuntes sobre nós pareciam dirigidos a um casal. O que éramos de fato. Um casal de bolsistas brasileiros. Um irascível, inseguro, feio e desgrenhado. A outra, bela, serelepe e descolada. Nossa argamassa: uma caixa de cervejas que antes de aberta me fazia delirar sobre os peitos de Érika bem mais do que deveria.

13 A reunião era basicamente um encontro de estudantes de Artes e Comunicação da McGill. Jeff, o anfitrião, recebeu-me com um largo sorriso e disse-me para ficar à vontade. Ele era anglófono mas fluente na língua francesa. Para minha inveja, ele trocava de língua como se precisasse apenas de uma tecla sap. Loiro, alto, confiante ele pa-

receu-me meu antípoda, inclusive musicalmente. A música de fundo era Godspeed You! Black Emperor. Os outros sons que rolaram após GYBE deveriam ser todos ligados à Constelation Records, gravadora que se firmou junto com a banda Godspeed, atraindo os holofotes do que restava da crítica musical mundial para Montreal.

A casa onde acontecia a festa era situada em uma das áreas nobres da cidade, Avenida Saint-Laurent. Embaixo havia uma loja, subia-se por uma escadinha e uma pequena porta abria-se para uma enorme sala escura. Além do banheiro, havia ainda dois quartos e a cozinha. Do lado direito da sala, oposto a um enorme sofá de couro, ficavam duas *pick ups*, o *mixer*, amplificadores e caixas. O equipamento estava pronto para ser pilotado pelos entendidos não só em discotecagem, mas na arte de ser *cool*. Performance indispensável aos que desejavam pertencer à cena local.

Érika conhecia muita gente ali e logo me deixou só. Sem seu apoio senti-me vulnerável. Meio sem jeito, fui até a geladeira para deixar a caixa de Boréale em uma temperatura mais palatável. Todos me pareceram simpáticos, abertos o suficiente para entabular uma conversa com um exótico *headbanger* sul-americano. Mesmo as mulheres não pareciam intimidadas pelo meu acanhamento. Notei uma urgência da turma em conversar com o estranho habitante dos trópicos. Assumi meu papel indígena e comecei a munir os exercícios antropológicos locais com minhas preferências musicais. Supervalorizei Sepultura, Caetano, Belchior. Fingi gostar de Mutantes, moeda obrigatória entre os cult pop descolados. Travesti-me de suposto conhecedor de música que também gostava de metal. Balela, pois, eu me sentia como um fã de rock pesado acionando outras referências. Ligado para não perder a pequena parte dos holofotes que me era destinada.

Surpreendi-me quanto fiquei sozinho na varanda com Cathy, uma mulher morena, cheia, talvez 30 anos, vestida de preto. Conversamos sobre a cena de drone metal que estava quebrando as fronteiras entre o metal tradicional e a música underground experimental.

— Que bom que você está aqui em Montreal, Paulo! Podemos tomar um café e trocar umas ideias. O Sepultura é realmente grande no Brasil? Todo mundo conhece a banda?

— Todo mundo já ouviu falar do Sepultura no Brasil, mas só a turma do rock conhece o trabalho da banda. Se você quiser podemos marcar uma audição lá em casa, posso te mostrar outras bandas brasileiras.

— Poxa, eu adoraria!

— E sobre Montreal?

— Montreal tem um tema que aparece em todas as conversas, você logo aprenderá. O clima. Quando o inverno está próximo todos ficam falando sobre frio, neve, gelo. Se você gosta de Doom ou Drone Metal está em um cenário quase perfeito

— Preciso saber sobre os lugares de shows, pontos de encontro. Viver Montreal. Será que você poderia me mostrar os lugares aonde a turma do rock vai?

— Tranquilo, quando tiver alguma coisa acontecendo, te dou um toque. Acho que Érika tem seu e-mail, peço a ela

— Posso te passar agora!

Se estivéssemos no Brasil poderia ter sido o início de uma aproximação. Eu estava sedento, sequer consegui levar em conta que o jogo das aproximações ali poderia ser diferente. Cathy não demonstrou muito interesse em anotar meu e-mail. Ali, as modulações dos afetos eram diferentes. Aos meus ouvidos Cathy procurava intimidade, enquanto aos meus olhos ela se afastava. Quase a convidei para ir à varanda, mas me sentia sem traquejo social. Acelerei o consumo de cerveja. Tática rápida para atingir o fiasco ou para fugir dele, fracassando por antecipação. Apesar de levemente embriagado fui acometido por afasia subalterna. Larguei um "see you" e vaguei pela sala. Logo que sentei, deslocado das conversas, lembrei de uma chamada do Titio Avô do Cartoon Network. "Largado no Sofá, largado no sofá".

Na varanda, Érika conversava efusivamente em francês com um grupo de rapazes, possivelmente colegas de doutorado. Diante de meu olhar mendicante ela se desvencilhou do grupo e veio sentar ao meu lado, conversar em português. Eu precisava desesperadamente de carinho e de uma boa trepada.

— E aí o que acha da turma? Está curtindo? Acho que você vai gostar do povo da McGill

— Ahhh, tá massa. Sabe não me sinto à vontade com meu inglês, mas a música atravessa essas barreiras

— Com certeza, ainda mais pra nós brasileiros que sempre somos chamados a opinar todo o tempo sobre música

— É, parece que música é nosso fundo de reserva cultural

— Ei, não esquece o cinema. Pernambuco tem um monte de filmes que a turma daqui adora. Isso sem falar em Cidade de Deus, que também serve, para o nosso fundo cultural. Hehehehe!

— É, talvez devesse ter ido mais ao cinema e menos aos botecos!

— Porra nenhuma, aqui tem festival só de filme brasileiro, dá para tirar o atraso. Deixa de ser borocochô e vamos beber umas brejas

Érika pegou minha mão e me guiou até a cozinha. Animei-me quando abri a porta da geladeira, eu estava quase feliz, uma profusão de cores e possibilidades de cervejas estava diante de minhas mãos. Agarrei uma chamada Le Fin du Monde. A cerveja parecia encorpada, forte e com um rótulo saído de alguma pintura gótica. Érika segurou minha mão e me disse ao pé do ouvido.

— Regra básica, bring your bottle, quer dizer você traz e bebe sua própria bebida, por isso as cervejas estão todas dentro das caixas. Só se bebe a cerveja dos outros quando a festa estiver acabando, quando as pessoas que trouxeram as bebidas ou já foram embora ou estão bêbadas o suficiente para não notar

Aquilo era bizarro. Não era só organização. Eu estava diante de uma atrofia dionisíaca. Que caretice! Cervejas na geladeira em uma festa eram cervejas de quem as pegasse primeiro. Como eu daria conta de qual era minha caixa após ter começado os trabalhos?

Perdi o foco do toque de Érika em meu braço, da pele fria sobre o suor de minha mão. Da saída mais fácil que seria uma foda com uma brasileira. Devi pedra.

— Ah, desculpa, vou aprendendo!

O chiste tirou-me de um suposto passeio a dois até a varanda. Queimei a largada! Voltamos para a sala, onde rolava ska. Boa parte das pessoas havia caído no frenesi musical. Érika puxou-me para o meio da sala. Tentei recuperar o tempo obrigando-me a dançar. O fracasso ao dançar sob coerção era inevitável. Sem disposição e talento fui direto ao ponto. Mirei os olhos de Érika e fui me aproximando. Ela sabendo como funcionava a idiotice dos machos brasileiros, saiu-se de lado.

Com a peripécia das mulheres brasileiras, sem perder o amigo, Érika manteve a calma e o prumo. Restava-me voltar ao sofá, esperar o fluxo de pessoas diminuir para saborear algumas das cervejas que enchiam a geladeira: Le Fin Du Monde. Se fosse corajoso iria direto às putas, mas o orgulho e a imbecilidade não ajudavam em nada.

Como se dizia no Brasil, sai à francesa, sem despedir-me e sem preocupações com a etiqueta social. Desde meus vinte anos, quando sentia que era minha hora, eu puxava o carro das festas e bares sem avisar ninguém. Meus demônios mereciam alguma privacidade com o corpo que habitavam. Agitados, eles ciciavam:

"Mister Punheta!"

14 A casa de Jeff era em frente ao ponto de ônibus. Olhei no celular qual era a linha noturna que passava próximo à minha casa e fiquei apreciando o movimento de várias garotas e garotos bêbados que transitavam falantes pela Saint-Laurent. Tinha duas mulheres que pareciam estar em busca de clientes, tentei ser corajoso, pensei em chegar em uma delas, mas se não desse certo seria um problemão. Faltou-me coragem, sobrou-me tesão.

Peguei meu ônibus. Ao contrário do Brasil, o clima no busu noturno era barulhento, mas tranquilo. A maioria das pessoas que, como eu, haviam passado do ponto, desviava o mundo esperando chegar em casa para tentar desilusões menos avassaladoras. Como esperado, as poluções noturnas estavam à espreita naquelas noites que antecediam à chegada do mísero inverno canadense.

15 Fiquei pasmo, três dias depois da festa abri o Gmail e vi um e-mail de Cathy. Sem maiores subterfúgios, ela me convidava para um tour pelos bares que compunham a cena metálica de Montreal. O e-mail poderia ser lido de várias formas. Ao contrário do estilo direto que usamos nas relações afetivas no Brasil, o texto não deixava pistas para eu saber se era um simples convite para um passeio pelos bares ou um modo diferente de marcar um encontro a dois. Cada vez que eu relia o e-mail, tentando imaginar como responder, uma das interpretações se sobressaía mais do que a outra. Na verdade, parecia-me que as duas possibilidades pululavam nas palavras de Cathy. Para evitar problemas, optei pelo intermezzo, o e-mail era só um convite para nos conhecermos melhor e, quem sabe, caso houvesse alguma partilha química, abrir possibilidades e pernas mais à frente.

Em um inglês seco, mas um pouco afetuoso, eu agradeci o convite e disse que seria ótimo conhecer os bares de música pesada da cidade com ela. Perguntei se na quinta-feira à noite seria um bom dia? Bastava dizer a hora e lugar que eu estaria lá.

Cathy demorou dois dias para responder. Quando enviei o e-mail quase surtei, eu abria o Gmail no computador a cada vinte minutos. Depois disso comecei a desenvolver uma série de prêmios e recompensas para abertura dos e-mails. Se esperasse uma hora, ela responderia, se esperasse duas, a resposta seria afetuosa, se esperasse uma noite, eu abriria minha caixa de e-mails com um convite para jantar. Eu era um babaca! Nenhum dos prêmios me foi ofertado. A resposta de Cathy foi direta, objetiva, sem rodeios. "Legal você ter respondido logo, nos vemos quinta-feira, 7 da noite no Foufounes Elétrique". Após o impessoal cheers que seguem as comunicações eletrônicas na cidade, ela colou um link com o endereço do bar. Cathy não me deixou muito espaço para devaneios. Voltei às punhetas.

16 No dia marcado fiquei em casa lendo, tentando deixar-me levar pelo tempo para controlar um pouco a ansiedade. Parecia que estava de volta aos meus quinze anos de idade. Coloquei uma calça de veludo preta que eu havia comprado no Salvation Army, minhas botas Dr. Marteens e uma blusa do Iron Maiden. Mais do que um uniforme essa era minha segunda pele.

Àquela altura do outono, meu idílio com as camisetas de minhas bandas favoritas era mais ritualístico do que visual. A temperatura em Montreal já estava entre zero e menos um, portanto as camisetas de metal, o meu badulaque distintivo, era de pouca serventia. Se bem que, boa parte dos bares eram bem aquecidos, o que tornava obrigatório me livrar do pesado casaco que adquiri para encarar o inverno. A escolha da estampa do Maiden era estratégica, me situava como habitante do universo metálico, mas em uma zona nebulosa, pois a música do Iron Maiden atravessava diversos estratos, reunindo diferentes fãs de música pesada, e ao mesmo tempo ela não me situava, necessariamente, em nenhum lugar específico. .Desde seguidores dedicados até ouvintes ocasionais, novinhas e velhos, o Maiden era uma espécie de armistício em meio ao pesado tiroteio nas fronteiras de gosto do heavy metal. Sucesso comercial sem ser tachado de vendido, acessível mas inteligente, superficial e profundo. Tal como o enigmático convite de Cathy, eu procurava me localizar em uma zona de armistício, observando o que estava por vir.

Apesar de ter descido quarenta minutos antes na estação Berri-Uqam, evitei aportar cedo. Antes de chegar ao Foufounes

Elétrique parei em uma loja de camisetas. Fiquei por lá fuçando as araras sem muito interesse. Apesar de minha tara pelas camisetas de banda, eu mal enxerguei as estampas. Eu estava focado no relógio, aguardando dez minutos para sete. Horário que arbitrariamente condicionei como sendo ideal para meu suposto primeiro encontro em Montreal.

Cheguei antes de Cathy. O Foufounes era um bar de heavy metal, não havia dúvidas. Desde as paredes pintadas de preto até os cartazes que anunciavam as atrações dos shows que aconteciam no andar de cima, tudo era metálico. O som ambiente era embalado pela banda francesa Gojira, uma banda densa, com vocais guturais, ritmos estonteantes e letras inteligentes. Apesar da maioria dos frequentadores serem homens, havia muitas garotas. Quase todos partilhavam comigo o tradicional uniforme banger: camisetas pretas com capas de discos e logos estampados. Pela primeira vez, desde que havia desembarcado em Montreal, consegui me sentir à vontade em um espaço público.

Pedi uma *pint* de Boreále Rousse e sentei em uma mesa ao canto, que permitia ter uma visão de quem entrava no bar, sem necessariamente estar de frente para a porta. Cathy chegou logo depois e vasculhou o lugar virando a cabeça. Quando me viu acenou, mas antes de vir até a mesa foi falar com alguns conhecidos. Afinal, ela devia ser habituée do Foufunes.

Enquanto ela fazia a social com seus amigos eu travava um monólogo. Preparando-me para um possível toco, eu dizia para mim que independentemente de como terminasse a noite, tudo ali valia a pena. Só em conhecer o Foufounes eu deveria me considerar um quase felizardo. Notei que um requisito fundamental para que eu habitasse a cidade era ter um lugar que pudesse chamar de meu bar. Em Recife eu tinha o Frontal, o

Iraq e o Box Vitória Régia. Em Montreal eu tinha um bar só de metal para me pavonear. Era de meter medo, as coisas pareciam ficar quase "legais".

Só sai de meus devaneios, quando Cathy chegou até a mesa com uma *pint* de cerveja escura e sem beijinhos. Ela disse "oi" e sentou-se na cadeira ao lado. Notei que ela usava uma descolada camiseta preta da banda americana de drone metal Earth. O que permitia que se posicionasse, ao mesmo tempo, como headbanger e descolada que ouvia música experimental obscura. Além das botas pretas, ela usava uma calça de veludo preta que lhe caía muito bem.

— Oi Paulo, que bom te encontrar fora dos círculos da McGill. Sabe, fora eu e você, para aquela turma, heavy metal é coisa de pessoas caretas e conservadores. Você é o primeiro banger que encontrei na McGill

— Que massa! Esse lugar é o paraíso, quer dizer o inferno. No Brasil, todos os lugares ligados ao heavy metal que frequento são pequenos bares cujos donos, na falta de outras oportunidades, acabaram abrindo um bar ao lado de suas casas

— Ah, mas eu adoraria conhecer um desses pequenos bares

— Quando você for ao Brasil te levo ao Box Vitória Régia. Nos finais de semana tem um cara que só coloca vinis de Rock. Vi que além das bandas locais, vai ter shows do Paradise Lost, Krisiun e Amorphis. Para mim é um quase céu do heavy metal. O cardápio de *gigs* é invejoso

— Ah, a cena metal de Montreal é bem conhecida, às vezes um ou outro músico de renome do mundo do rock toca em Toronto, mas não passa por aqui. No metal é o contrário, todas as turnês têm Montreal como um de seus pontos de parada. Aproveite!

Meio sem jeito, eu era levado pelo papo em torno do heavy metal, mas não conseguia parar de pensar que em algum momento eu deveria colocar minhas cartas na mesa, levar a conversa para outros lugares. Enquanto jogávamos os jogos em torno de nossas preferências musicais, trocamos as *pints* pelas *pitchers*, jarras de cerveja que, além de mais baratas, evitavam que nos levantássemos a todo momento para ir ao bar. Eu delirava com aqueles peitos escondidos sob a camisa da Earth.

Logo senti necessidade de interromper a conversa animada, que se transformava em algo mais íntimo, para mijar. O banheiro era literalmente underground, com os canos aparentes, paredes pretas pixadas. Parecia velho, mas para os padrões das biroscas brasileiras era muito limpo. Tal como toda a estrutura do Foufounes, era underground organizado, pensado para criar esse efeito. Até o underground de Montreal era cult descolado! Há!

Quando voltei, Cathy continuava sentada à mesa concentrada em sua cerveja. Notei que ela havia puxado sua cadeira para perto da minha. Seria uma deixa para entrarmos no segundo ato? Eu já estava bêbado o que significava compensar meus tropeços linguísticos pela fluência, já que embriagado eu deixava de lado o cansaço que me acometia toda vez que gastava meu inglês.

Mirei-a diretamente nos olhos sem rodeios, o que em Montreal poderia ser sinal de extremo desrespeito. Apesar dos riscos, Cathy pareceu não se incomodar enquanto me explicava que não era de Montreal, apesar de estar à vontade na capital do Quebéc. Atento, dediquei-me ao exercício da escuta. Ela me disse que era de Toronto, mas que vir para Montreal foi uma maneira de distanciar-se da família tradicional do Canadá anglófono. Apesar de ouvir metal desde os doze anos, ela disse com bastante ênfase que não era chegada ao metal macho tradicional, que preferia coisas mais experimentais, pesadas sem serem, necessariamente, "sexistas".

— Sabe, Montreal é a capital do rock pesado no Canadá, é uma forma que os jovens francófonos encontraram de se distanciar do Canadá country e dos montrealenses cults das universidades anglófonas. Apesar disso, algumas bandas undergrounds têm feito uma ponte entre essas duas cenas

— Como Godspeed You! Black Emperor?

— Não, bandas de drone e sludge metal. Conhece Big Brave?

— Sei, é uma banda que vai tocar com Sunn O)))

— Isso. Se você quiser podemos ir juntos!

— Claro!

— Então, está combinado, iremos!

Eu não era chegado a este metal pomposo, descolado, que não assentava bem no rótulo heavy metal, mas para mim nem era concessão ir a um show cabeça com Cathy. Era desejo, necessidade, desespero por uma foda.

Para minha surpresa, Cathy se aproximou. Não havia como fugir, ela queria alguma coisa comigo. Sem muitas delongas, dei-lhe um beijo. Mas foi como se dois mundos estranhos houvessem se chocado. Apesar de receptivo, o beijo de Cathy parecia evocar o Polo Norte. Enquanto eu buscava a parte de mim que deixara nos trópicos, Cathy deixava claro onde estávamos. Não que não fosse íntimo, mas faltava certa entrega, um deixar levar-se que eu achava ser comum nos encontros preliminares.

Minha língua parecia roçar a língua de Cathy como se já estivéssemos pelados, na cama. Enquanto eu segurava com ardor a coxa dela, ela se afastou um pouco deixando só a boca ao meu alcance. Meu pau estava duro, mas eu tinha que ser paciente, esperar um pouco para não estragar, mais uma vez, um primeiro encontro.

Considerei a frustração um importante aprendizado que apontava para certos cuidados com os estereótipos calientes que eu carregava em minha mochila de afetos. Passada a surpresa inicial, apesar de certo desconforto, passamos a conversar de modo mais descontraído. Para fugir aos constrangimentos que o silêncio nos impunha em certos momentos, eu voltava aos beijos, observando o desconforto de Cathy com o aprofundamento do contato em público. Eu estava meio desconcertado, pois era muito difícil abrir-me a outros modos de carícias após trinta e dois anos de brasilidades intensivas. O conflito cultural era uma das partes mais importantes das minhas frustradas tentativas de reinventar-me.

Eu gostei do Foufounes, mas Cathy queria mudar de lugar, fazer a ronda dos bares de rock pesado do centro da cidade. Desconfiei que o convite, antes de ser vontade de me mostrar a cidade, era uma forma de se livrar dos amassos que eu iniciava cada vez que o inglês me faltava. Os beijos eram recíprocos, mas não a entrega.

Como na maioria dos bares de Montreal, no Foufounes não havia contas, pagava-se pela cerveja no momento em que eram servidas. Eu achei ótimo. Além de me permitir sair no momento certo, esse sistema teria me poupado das longas discussões sobre as divisões de conta nas mesas dos bares brasileiros.

Quando saímos, meu pau continuava duro - era uma tortura. Eu queria encostá-la na parede e sentir sua buceta roçar entre minhas pernas mas nem arrisquei segurar a mão de Cathy, para os padrões locais seria uma invasão de privacidade intolerável.

"Mister Harrassment!"

17 Tal como se podia esperar, Cathy e eu ficamos bêbados, sem muita vontade de andar no frio. A bebida era um antídoto com pouca eficácia para os desconfortos que usualmente assombravam os primeiros encontros.

Apesar disso fomos ao Katacombe, um bar alternativo, *crossover*, mais associado ao punk do que ao metal. A atmosfera era legal, só que mais francófona que o Foufounes. Isso não era problema, afinal a língua majoritária de Montreal era o francês. Mas diante de meu desconforto, a inaptidão social no manejo de uma língua que mal conhecia só acentuava meu autismo cultural. Ali eu era um completo perdedor.

As catacumbas não comportaram minhas limitações sociais. Cathy percebeu meu desconforto, notou que meu grau alcoólico já não me permitia curtir de todo a tour metálica. Após uma cerveja e poucas palavras fomos para o Piranha's Bar. Em inglês o nome Piranha não supunha duplos sentidos, era apenas uma alusão à agressividade do peixe fluvial transportada para ideia, que me pareceu de mau gosto, do que deveria ser um bar de rock.

Ao contrário do bilíngue Foufounes, e do francófono Katacombe, o Piranha era um bar anglófono. Com tons hard rock, o bar pareceu-me um arremedo roqueiro do Muro de Berlim. No balcão e na parte de cima, roqueiros tradicionais, homens

e mulheres, curtiam um metal laquê, misto de Southern Rock com Thrash Metal, enquanto ao lado direito, indiferentes à música, mulheres e homens, indígenas e idosos, gastavam seu dinheiro nas famigeradas *slot machines.*

Olhando a iluminação amarela e o público hard rock, via-se que o Piranha não tinha qualquer ranço alternativo. Na verdade, ali era um lugar bem conservador. Isto não pareceu incomodar Cathy, que mesmo deixando claro que ali não era o lugar de sua preferência, pareceu não se intimidar.

Ao contrário do que acontecia em vários bares no Brasil, o modo de portar-se das mulheres em Montreal estava além das tradicionais violências simbólicas. Altivas e ciosas do lugar que habitavam, não havia espaço para olhares lascivos. A territorialização ali não estava associada a ausência de mulheres, pelo contrário. Para Cathy era normal estar ali, em um bar hard rock com música sexista, como em qualquer outro lugar. Era um modo que as mulheres possuíam de tentar desabitar estereótipos. No Piranha vi uma trans que não parecia estar nem um pouco deslocada.

— Paulo, está sendo legal estar com você. Sei que temos diferenças , mas para mim tentar ir além destas barreiras é um desafio

— Certo Cathy, acho que apesar das dificuldades vou aprender muito nestes quatro meses que passarei aqui. São meus primeiros beijos transnacionais

— Calma aí, são apenas carícias entre um homem e uma mulher, sem traumas. Vontade de ficar junto com alguém em uma noite fria

— Certo, mas para mim, um headbanger tropical, é uma aventura. Ainda bem que conheci você na McGill, se não ia achar que na universidade só tem gente *cool*, tipo Mille End

— Apesar de ser um condado, o Mille End é um lugar interessante. Acontecem várias coisas legais, um de meus lugares preferidos é a Casa Del Popolo. É um lugar cool e aconchegante

Lembrei-me de um livro de Dany Laferrière que havia lido no Brasil. No romance, o alter ego do escritor haitiano classificava os estereótipos das estudantes da McGill que buscavam nas fodas com os emigrantes algum modo de libertação das fronteiras sociais do Quebec.

A cerveja tornou-se um acelerador do que eu achava que nos esperava, uma cama em comum. Após duas *pitchers* de *red beer*, sentimo-nos confiante para encarar a primeira noite. Ao contrário do que acontecia nos livros de Bukowski, eu não sabia enfrentar com elegância a procrastinação. Mesmo diante do fracasso que prometia ser a primeira trepada entre dois corpos alcoolizados, eu preferia encará-la a ter que esperar até a manhã seguinte.

— Cathy, vamos lá pra casa? Podemos pegar o ônibus noturno, beber mais um pouco, ouvir música e dormir juntos

— Vamos!

Senti meus demônios indóceis.

"Mister Uncool!"

18 Pegamos o ônibus e fomos para meu 1 e ½. No caminho fui acometido por um misto de ansiedade e melancolia. Minhas mãos suavam, transformei-me em um ser monossilábico. O desejo potencializado pela abstinência misturava-se ao medo. Se estivesse no Brasil eu daria uma desculpa, pediria ao táxi para parar em uma farmácia, compraria uma caixa de camisinhas e um Viagra. Mas eu esta-

va dentro de um ônibus, em Montreal, junto à Cathy, assombrado pelos meus demônios.

Não havia o que fazer, os postos de gasolina só vendiam cerveja até as onze horas, os bares próximos à minha casa estavam fechados. Restavam alguns goles de vinho barato em casa. Subimos, abri a porta do apartamento. Apesar de levemente empoeirado, o lugar estava quase arrumado. Tudo estava por um fio, mas no lugar. Enquanto Cathy foi ao banheiro, bebi a garrafa de vinho de uma só talagada.

Sem palavras, comecei a beijar Cathy. Ela parecia não se importar, sem grandes carícias ou enrolações tirou toda roupa, inclusive a calcinha, escondida sob as famigeradas *thermo pants* e deitou-se na cama. Eu preferia ir devagar, beijá-la com força, meter a mão em suas calças, abri o feche, masturbá-la, chegar a calcinha para o lado, enfiar um, depois dois dedos até sentir a buceta de Cathy umedecida. Mas Cathy pulou esta parte.

Comecei a chupá-la, dos seios até o clitóris. Seus mamilos ficaram eriçados. Pareceu-me mais uma reação ao frio do que tesão. Continuei a trabalhar com a língua, esperava fazê-la gozar e ganhar um pouco de tempo. Deixar minha língua ser todo meu corpo enquanto sentia aquele gosto agridoce de buceta. Mas parecia que as coisas com Cathy funcionavam de outro modo.

Sempre tive problemas de encaixe nas primeiras idas à cama. Para mim, as cópulas viravam fodas à medida que a intimidade era construída. Em geral, a cama funcionava após a terceira vez, quando eu começava a ter algum saber sobre o outro corpo. Apesar do silêncio, quando comparado ao êxtase das mulheres brasileiras, achei que o leve chiado e o pequeno tremor deveriam ser o gozo de Cathy. Eu sequer sabia se havia conseguido passar para o segundo *round*. Não havia mais o que fazer, com a sensação de fracasso, sem confiança, coloquei a camisinha para ver se entrava dobrado, como dizia um philos dos arrecifes.

Queria mentir para mim mesmo, assumir o papel do garanhão latino-americano. Travestir-me de estereótipo. Mas o que senti foi uma vontade de ver Cathy gozar logo, desvencilhar-me dos demônios que pesavam sob meus ombros.

Consegui enfiar em Cathy, trabalhei nela por um tempo até ficar à meia bomba. Enquanto durou tive uma experiência extracorpórea. Eu sentia a fricção das membranas de Cathy, mas não percebia o envolvimento de seus braços e beijos. Estávamos maquinando uma trepada asséptica. Tentamos algumas vezes, de modo mecânico, parar, fazer um sessenta e nove e depois voltar à penetração. Mas eu estava muito afoito, não esperava o pau ficar duro de fato, o que fazia era correr pra cima de Cathy para tentar penetrá-la de novo. Percebendo a dificuldade, Cathy começou a se retrair, já não a sentia tão molhada como no início.

Tirei a camisinha e desci minha boca até a buceta de Cathy. O mesmo ritual se processou, ela gozou. Quase como uma obrigação, ela começou a me chupar. Não sei se porque já tinha gozado duas vezes ou por inaptidão ela parecia não se empenhar muito com a boca. Lambia a cabeça de meu pau mas não ia até o final, causando um misto de tesão com desconforto.

Apesar de Cathy continuar me chupando, de parecer longe de melindres, sua boca parecia funcionar como uma máquina de sucção um pouco menor que o tamanho de meu pau. Minha inépcia atrapalhava bastante. Boa parte do prazer que sentia com meus gozos estava diretamente relacionado ao prazer que eu via no gozo das mulheres. Era uma conta que não batia com que aconteceu naquela noite. Independentemente de qualquer conformação geográfica, o fracasso era meu indesejável companheiro de estrada.

Juntando demônios, fantasmas, distâncias e diferenças restou-me parar e render-me à minha própria derrota. Não sei se assoberbada ou decepcionada, Cathy deitou-se ao meu lado e com todo carinho que lhe era possível disse de modo direto:

— Fique quieto, quero ver você gozar!

Era uma ordem. Mas nem sempre era possível cumprir ordens. Mesmo sob a fantasia do macho latino-americano eu não funcionava .

Com a ajuda e disposição física de Cathy, restou-me, mais uma vez bater uma punheta. Rápida e rasteira. Claro que as mãos de Cathy em minhas bolas facilitaram o trabalho mas para mim era mais uma derrota. No fundo, as mãos de Cathy foram meras coadjuvantes. Gozei gritando. Aos desavisados poderia parecer prazer, mas era frustração. Fiquei surpreso quando ouvi Cathy dizer.

— Para um primeiro encontro até que foi bom. Com o tempo vamos nos conhecer melhor.

— Se você diz

— Relaxe, vamos aproveitar e descansar um pouco, estou bêbada e cansada

Para mim aquilo soou como condescendência. As dificuldades em minhas relações afetivas estavam atadas a uma imensa preguiça. Fui invadido pelo medo do eterno recomeço. Não era fácil ter de carregar aquela carcaça cheia de demônios. Como saída fácil, senti uma enorme nostalgia de um papel que nunca vivi, o Bukowski dos trópicos. Ler sozinho em casa, com um dicionário e uma garrafa de vinho ao lado era bem mais fácil do que tentar atuar a dois.

Cabisbaixo, rendi-me ao sono. Evitei pensar no que iria fazer pela manhã. O fracasso espreitava-me pela janela, não havia possibilidade de desvê-lo. Ao invés de contar carneirinhos, dormi entre sussurros.

"Mister Loser!"

19 Quando acordei, Cathy ainda dormia nua ao meu lado. Foi uma divisão de cama sem qualquer coisa próxima do "dormir juntinhos". A ojeriza ao toque que marcava a cultura local, misturada com minha covardia me fez fingir que dormia.

Cathy levantou-se como se me conhecesse há tempos. Sem quaisquer subterfúgios vestiu a calcinha, as calças termais e a blusa de malha. Era como se tivéssemos tido uma noite legal. Pensei em tentar recomeçar o jogo, mas desisti da ideia. O que me vinha à cabeça era a dificuldade de funcionar a contento. Ao invés de pensar no prazer que poderia ter, fui invadido por um formigamento que prenunciava outro fracasso.

Fechei os olhos e preparei-me para encenar a surpresa diante de um novo acordar. Eu era fascinado pelo modo como as manhãs, muitas vezes, nos permitiam ter a ilusão de estávamos passando a borracha nos deslizes das noites anteriores. Cathy, como comecei a descobrir, pautava sua vida pelos amanhãs.

— Ei Paulo, levante. Tem café? Não vejo cafeteira!

— O café está nesta lata grande em cima da geladeira

— Você deve ser o último habitante de Montreal que não possui uma cafeteira

— Só preciso de uma xícara de café para curar a ressaca e seguir em frente. Acho que a cafeteira deixa o café com um

Not
found

gosto de queimado, amargo

— Deixa para lá. Como você está se sentido?

Para mim, esta era uma pergunta retórica. Nem pensei em responder seriamente. Tentei vestir a máscara de descolado.

— Ah, estou só com um pouco de ressaca, mas estou bem. Legal ter você aqui em meu micro-ondas em forma de apartamento

— Paulo, para quem vai ficar apenas quatro meses, 1 e ½ está bom, não?

— Sim, mas é que não consigo me acostumar com esse cheiro de gordura

— Eu fiquei surpresa, achei o apartamento arrumado, com alguns livros empilhados Quase uma natureza morta. Ei, a água está fervendo, onde estão as cestas de papel?

— Cestas?

— Para colocar o pó de café!

— Ah, os filtros! Estão no armário ao lado do adoçante

— Prefiro puro, sem adoçante ou açúcar

Sempre me sentia inquieto nas manhãs com pessoas estranhas. Quando não estava em minha casa eu ia embora rapidamente. Quando era em minha cama eu ficava sem saber o que fazer. Este problema estava além das distâncias da língua. Pensei em chegar por trás de Cathy, beijá-la a nuca, mas isso para mim era cena de cinema, não funcionava.

Mas a vida sem carinhos tinha suas benesses. Após o café, Cathy despediu-se sem beijos. Ao sair disse que me mandaria um e-mail. Aliviado tranquei a porta, olhei para as cobertas pretas dispostas sobre a cama. Não sentia ressaca, apenas cansaço e a dor dos fracassados. Não tinha cabeça para ouvir música. Comecei a ler de maneira despretensiosa Lonesome Traveler de Jack Kerouac. Logo notei que a tal leitura descompromissada não se processava em outra língua, já que mesmo desatento eu precisava de um duplo esforço para ler em inglês.

Lembrei da noite com Cathy. De como tive a ilusão de que poderia ter sido diferente. Revi seu corpo cheinho, com suas deliciosas dobras. Agora, longe dos olhos, Cathy me deixava teso. Para prolongar o breve momento de prazer, adiei por mais alguns minutos o inevitável exercício de onanismo.

Naquele momento não houve falhas, meias palavras. Na noite anterior enquanto Cathy dizia "come on !", eu dizia, " vou meter em você". Não houve muitas obscenidades. Certamente não havia muito tesão em minhas palavras, Cathy não tinha ideia do que eu estava dizendo. Mesmo se entendesse, não teria feito diferença. Aquelas palavras não bombeavam sangue.

Fechei os olhos, cuspi na mão e comecei meu exercício de solipsismo pegando-me primeiro devagar e depois em um movimento frenético, para cima e para baixa, para cima e para baixo.. Não havia mais barreiras culturais ou impaciências. Gozei. Após limpar-me com um papel toalha ouvi um leve sussurro ao pé do ouvido. Meus pequenos demônios não davam trégua.

"Mister Lástima!"

20 Como quase todo humano eu era adaptável. Com o passar do tempo comecei a tolerar meus colegas da McGill. As aulas de minha supervisora eram agradáveis mas insossas, todo mundo era educado e benevolente. Para meu alívio, Cathy já tinha terminado seus créditos. As possibilidades de um encontro nos corredores da McGill eram pequenas. As aulas aconteciam às quartas, no pavilhão oeste do sombrio prédio da Faculdade de Artes e Comunica-

ção. A construção com ares góticos só acentuou a sensação de que eu me encontrava em Hogwarts. Todos meus colegas pareciam bruxinhas com habilidades diferenciadas para transitar naqueles três andares de moças e rapazes bem-nascidos.

Apesar de meu contumaz azedume eu aproveitava para ler textos diversos, incluindo os livros de professores da McGill como David Brackett e Will Straw. A convivência com os colegas, as leituras e minha dedicação intensa a seriados televisivos, como The OA e Wallander, acabaram por elevar minhas habilidades linguísticas ao nível intermediário. Eu já era um transeunte altivo do purgatório.

Como parte do aperfeiçoamento das estratégias de defesa, eu usava os fones de ouvido de modo ubíquo, como uma parede de escudos que além de evitar os contatos linguísticos, permitiam rápidas fugas nos intervalos e ao final das aulas. Mas as estratégias eram falhas, além dos e-mails de Cathy, sugerindo encontros assépticos em cafés e livrarias, eu tinha de falar com Elizabeth Shopbi antes e depois das aulas. Isto abriu o flanco para que alguns colegas interessados em experimentar a convivência com um habitante dos trópicos começassem a insistir para que eu fosse com eles aos bares após as aulas.

Eu não tinha muitas escolhas, apesar de sentir-me sem apetites para as insípidas aulas, eu tinha fome de gente, sofria ânsias de socialização. Afinal, ninguém ia aparecer de surpresa em meu apartamento, bater à porta e oferecer-se para satisfazer meus desejos sexuais.

Minha ânsia por algum convívio em bando, além da resiliência que ameaçava me dominar após o fracasso com Cathy, fez-se valer no dia que Elizabeth convidou todos os alunos para irem ao Bar Copacabana após a aula. O Copacabana, como Elizabeth havia dito em nossa primeira reunião era seu bar preferido. Não tive escolha. Avaliando o conflito entre ir ou ficar, restou-me a adesão. Segui a trupe de Hogwarts pela Avenida Sherbrooke até chegarmos à Saint-Catharine, onde ficava o Copacabana.

No caminho respondi de modo monossilábico aos colegas de turma. O barulho do trânsito e as últimas reformas das avenidas antes do temível inverno me ajudaram. Jeff, o anfitrião de minha primeira festa em Montreal tinha assumido a tarefa de cutucar o casco da tartaruga brasileira para tentar fazer com que ela colocasse a cabeça para fora. Apesar de meu azedume fui fisgado pela isca da partilha. Começamos a conversar, contei-lhe minhas impressões sobre a cena de rock pesado da cidade.

— E aí, o que você acha do metal quebecoise?

— Gosto muito da atmosfera, principalmente do Foufounes Eletric. É bem diferente para um cara de Recife; entrar em lugar underground profissionalizado, com espaço para as bandas tocarem para quinhentas pessoas. Em minha cidade isto não existe. A turma inventa lugares que se acabam em menos de um ano

— Sabe, não sou fã de heavy metal, não conheço muito. Mas não entendo porquê você não estuda a cena metal ao invés de dedicar-se à cena artística underground de Montreal?

— Talvez seja meu conservadorismo, mas tenho como princípio não misturar pesquisa com minhas preferências musicais

— Isto não é um tanto contraditório para quem parece tão apaixonado pelos estudos culturais? Afinal sempre começamos assumindo o que nos forma e como somos formados

— Estudos Culturais para mim é literatura, acho que estudar o circuito underground das artes pode me garantir um lugar como professor no Brasil. Quem vai contratar um especialista em heavy metal?

— Você é um tanto duro com você mesmo

— Talvez, mas a academia é um negócio meio fechado mesmo

A sugestão de estudar heavy metal foi como um soco no estômago. Muitas vezes eu me sentia um impostor quando dizia estudar o underground artístico. Meus prazeres nas artes eram a música e a literatura, eu mal frequentava exposições e achava que museus eram instituições especializadas em embalsamentos. Aliás, minha tese era sinônimo de chatice e comedimento. Eu queria ser professor quando terminasse o doutorado, dar minhas aulinhas, acumular uns trocados e aí, sim, ir na maciota aos shows de metal.

Mas o soco no estômago desferido por Jeff não mudaria nada. Pelo contrário, para mim essas porradas eram possibilidades rotineiras que apareciam cotidianamente e na maioria das vezes, me escapavam. Talvez, ao longo de meu aprendizado sobre as sombras através dos quadrinhos, da música e dos livros eu tenha aprendido a me prevenir dos golpes, evitando o lenga-lenga da academia.

21 Logo chegamos ao Copacabana. Naquele dia ainda tinha muitos créditos linguísticos em minhas economias para gastar com os colegas da Mcgill. Acomodamo-nos em uma grande mesa. Por segurança, sentei-me ao lado de Jeff, evitando que o contato com os menos conhecidos me obrigasse a fazer apostas mais altas no jogo transcultural. Eu sabia que após alguns copos de cerveja a parede de escudos não sustentaria mais os ataques pelos flancos. Prudência era uma boa tática nestes momentos, mas era algo

que me faltava após a terceira cerveja.

O Copacabana era um típico bar da Montreal:garçonetes e garçons simpáticos, ouvidos atentos que esperavam pelas usuais gorjetas de quinze por cento. Eu podia ficar tranquilo em relação aos gastos com a levedação, contas separadas por cabeça. Elizabeth se propôs a pagar algumas *pitchers* como forma de boas-vindas ao seu supervisionado brasileiro. Senti-me como um animalzinho de estimação e propenso a beber mais do que o habitual. Não faria feio diante dos biscoitos caninos ofertados pela minha supervisora.

O grupo tinha cerca de dez pessoas. De nome eu conhecia Jeff, Marta, que tinha vindo da Espanha fazer doutorado e Pierre, um cara afetado que estudava a cultura gastronômica da cidade e era conhecido por seu blog dedicado aos prazeres do mundo gourmet. Boa parte dos homens eram gays e pareciam quase me desver. Entre as meninas, eu mal sabia situar suas preferências culturais, quanto mais suas orientações sexuais. Talvez para me incluir nas conversas, Elizabeth perguntou-me sobre a situação política no Brasil.

— Acho que as coisas vão piorar muito nas universidades. Talvez eu faça parte da última leva de estudantes que vão conseguir bolsas internacionais. Estamos passando por uma crise de caráter

— Desculpe-me! Que triste! O sistema de bolsas do Brasil é muito bom. Recebi uma estudante para o doutorado pleno aqui, o nome dela é Mônica. Ela fez uma tese muito boa sobre cidades e os novos ritmos noturnos.

— Oh, não peça desculpas. Estamos acostumados a flertar com o caos!

Eu nunca entendi porque os montrealenses pediam desculpas por tudo. Devia ser parte do sistema de tolerâncias hipócritas. Nós brasileiros, é que deveríamos afundar nas culpas. Em apenas um ano tínhamos destruídos vários ganhos sociais. O Brasil havia retornado à velha batalha entre arrivistas e condescendentes. A raiva que parte da elite tinha pelas minorias era destilada em todos os cantos sem qualquer pudor. Até os restolhos das conservadoras comparações com a Europa que animaram os clubes sociais aos domingos no século passado haviam desaparecido. O negócio agora era a nostalgia do patriarcado coronelista, o arroto dos justiceiros. Juízes, ou eram entronados como deuses positivistas ou sofriam acidentes suspeitos, sem que isso significasse muita coisa. Eu tremia de medo ao pensar sobre o que faria quando voltasse. Mas, eu ansiava viver de novo a cultura dos afetos e do baque solto dos botecos. Sentia falta da mundanidade que nos acometia nos *happy hours* das segundas-feiras.

Como a cerveja já estava garantida, permiti-me pedir uma costela de porco com batatas. Um manjar que congregava os que reconheciam que um animal fornecedor do bacon deveria ser venerado em nossas mesas. A Pale Ale de Montreal misturada à carne sorvida das costeletas começou a tornar a tarde quase interessante. Eu já fazia planos de adentrar a noite sem atentar que os primeiros sinais de embriaguez transformariam qualquer esticada noturna em um grande estorvo. Aquela noite prometia ser embalada pela canção do Matanza: "Sabe que está fazendo errado e vai fazendo mesmo assim! Sabe que tá ficando torto e que vai ficar ruim/É mesmo um desafortunado, quem acha muito engraçado fazer tudo errado".

Não sei se pelo fracasso anunciado, pelo cansaço ou pelo medo dos riscos desnecessários quando Elizabeth anunciou que estava pagando sua conta para ir embora, fiz o mesmo e fui direto para meu apartamento. Não houve apelos de meus colegas para que eu lhes acompanhasse noite adentro.

22 Com o passar do tempo desenvolvi uma rotina de sobrevivência. Às quintas-feiras, dia de promoção, eu ia ao supermercado: comprava carnes, frutas, verduras e uma caixa de 06 cervejas. Na primeira semana do mês eu comprava duas garrafas de vinho tinto genérico. Às quartas comecei a permitir a saída usual com os colegas da McGill. Escolhia quinta ou sexta como dia de saída noturna. Eu ia ao cinema aos sábados, após um passeio pelas lojas de camisetas e pelas livrarias. Mas essa rotina não resolvia o problema do tesão que cortava meu corpo.

Antes de chegar a Montreal eu estava saindo com Mariana, uma baiana radicada em Recife que não gostava de dendê e era viciada em indie rock. Entendíamo-nos bem. Nossa relação era parte de uma crônica de morte com hora marcada. Eu preparando as malas para o doutorado sanduíche em Montreal, e ela usando-me para tentar fazer com que um ex-namorado deixasse de lado às garotinhas do Pátio Santa Cruz e voltasse pra ela. Essa situação não parecia me incomodar até o dia em que fui largado em uma mesa de bar às dez da noite. Fiquei puto, mas não o suficiente para perder de vez nossos acomodados encontros.

Nossas noites eram tão mornas quanto nossa relação. Precisávamos de muito álcool para nos sentirmos sedentos um pelo outro. De qualquer forma esses encontros satisfizeram por algum tempo minhas necessidades libidinais. Além disso, ter uma companhia regular te dá uma certa tranquilidade no complicado mercado do sexo.

Desde que havia chegado a Montreal, Mariana havia virado parceira contumaz de conversas pelo Facebook. Uma noite em que eu estava subindo pelas paredes comecei a provocá-la. Ela não se fez de rogada, tirou a camiseta e afastou a calcinha para o lado, posicionou a câmera e depois de enfiar o dedo dentro de sua buceta começou a masturbar-se, repetindo "vem, me come, me come! ". Eu sem palavras, mas abusando da imaginação, tirei a bermuda e a cueca, cuspi na mão e comecei a bater uma punheta junto com Mariana. Este ritual passou a ser meu festim semanal em Montreal. Global e local, digital e presencial. A diferença era que a fogosa Mariana após nossos gozos ia para as ruas do Recife fazer a coisa a vero, enquanto eu voltava para meus seriados e livros.

Minhas preliminares com Mariana e o pós-coito eram as leituras de Bukowski em inglês. Woman, Factotum e Notes of a Dyrt Old Man embalaram meus delírios onanísticos. Em geral, Mari estava disponível para nossos jogos na internet às segunda e terças. Antes de ligar o computador, eu tomava uma cerveja, lia um pouco e esperava o formigamento tomar conta de mim e lá ia eu navegar. Após o gozo, Mariana dizia que já estava tarde, que tinha que ir para as aulas na UFPE no outro dia pela manhã. Não havia papo posterior. Se eu quisesse mais do que o pacto do prazer solitário tinha que conversar antes.

— Como está aguentando o frio?

— Estou me arvorizando

— E as mulheres canadenses?

— Porra, elas são congelantes. Sinto saudades de trepadas à brasileira

— Oxê, Paulo, tu continuas com os mesmos xavecos de sempre, me economize. Logo tu, o Bacowski dos arrecifes.

— Ah, Mari deixa de história, afora você e umas duas

doidas, quantas vezes você me viu com outras pessoas no Pátio Santa Cruz?

— Nenhuma, pois quando não estava com você, estava ocupada com outros fretes!

— Porra Mari, vamos mudar de assunto. Estou lendo um monte de coisas interessantes na McGill, vou te mandar os textos

— Massa, sabe esse seu jeitinho ensaboado começa a me dar tesão. Vem ficar comigo, tira roupa, deixa eu te ver.

Rapidamente gozávamos e desconectávamos de nossas muletas afetivas. As leituras do velho Buk após os gozos com Mari tornaram sua literatura ainda mais potente. Seus livros faziam com que eu me imaginasse em sua pele: feio, estranho, mas cheio de autoestima. A ficção fazia seu papel, por momentos eu me colocava na pele de algo que jamais seria.

Enquanto isso, eu crescia para frente. Fruto de uma dieta rica em glutamato de sódio e cerveja. Com a falta de apetência para exercícios diante de temperaturas próximas a zero, minha barriga começava a lembrar a protuberância estomacal do velho escritor. Eu não tinha a verve combativa e o glamour literário que compensavam os desmazelos de Bukowski com seu corpo. Eu era apenas um bolsista brasileiro. Restavam-me o heavy metal, a literatura e uma completa inapetência social.

23 Após dois meses em Montreal, comecei a desenvolver o que passei a chamar de "exercícios da pequena morte". Parecia simples, mas era algo perturbador. Como costumava começar a beber cedo, nos dias das punhetas com Mari, eu adormecia e acordava por volta de duas horas da manhã com insônia. Para aplacar a ansiedade

eu lia, mas logo depois era invadido por pensamentos sobre a morte de meu pai e alguns amigos que faleceram cedo, para depois terminar me deparando com pensamentos sobre minha própria morte. Para compensar a angústia, eu abria um vinho, tomava dois copos e um comprimido de Diphenhydramine Hydrochloride. Então começava um exercício de preparação da memória futura, em que, eu procuraria lembrar de meu último momento de consciência antes de adormecer.

Era uma experiência interessante para sentir a potência de minha vida nas manhãs cinzentas de inverno, mas ao mesmo tempo era inquietante tentar entrar nesta cápsula do tempo antes de dormir. Ao invés de evitar o embate, eu acabei incorporando-o como parte de meus viveres em Montreal. Meus dias eram ordenados em torno do acordar, preparar o café, ler, escrever, evitar até certa hora o Facebook, almoçar, estudar, levedar, praticar os exercícios da pequena morte e dormir.

Eu não fazia os exercícios todos os dias, pois quando estava muito atormentado eu saía de casa, flanava em alguma livraria ou sentava em um bar próximo ao meu apartamento, onde assistia aos jogos de hóquei que eram ofertados nas gigantescas telas planas. Nestas noites eu retornava bêbado e caía em sono profundo. Tal como meus ídolos: Kerouac Bukowski, Pedro Juan Gutiérrez e Bortoloto; o álcool era meu remédio contra todos os males psíquicos que me assolavam naquelas solitárias noites.

Eu acabei viciado nos exercícios da pequena morte, então eles viraram um fardo. Se eu tinha consciência que iria dormir, repetia o torturante ritual de me obrigar a pensar sobre o momento em que minha consciência se desligava. Havia uma recompensa quando eu rememorava os exercícios na manhã seguinte pois, ao contrário dos medos que me acometiam à noite, os pensamentos diurnos em torno dos exercícios traziam algum conforto. Iludido, achava que, de alguma forma, trapaceava o tempo que me era subtraído a cada noite de sono.

"Mister Sandman"

24 Eu me acomodei ao clima frio e às geladas relações locais. Comecei a achar que meu broken english funcionava melhor. Enganei-me achando que estava mimetizando os habitantes locais. Por baixo de minha carapaça, minha inépcia afetiva continuava dando as cartas. Apesar da vontade de encontrar Cathy eu evitei seus contatos e os dois convites para um café. Eu me apoiava nas muletas do sexo virtual e em troca de mensagens banais com os quatro ou cinco amigos que constituíam minha ligação com Recife. Passei, perigosamente, a tornar-me amigo íntimo de Érika, que sempre estava disponível para uma cerveja durante a semana. Ela se defendia armando com nacos de amizade que inibiam minha vontade de transformar os toscos encontros em "amigos que se frequentam". Na mesma balada, apesar do esnobismo generalizado, a turma de Elizabeth Shopbi começou a ser um importante quinhão dos modos que inventei para tornar Montreal habitável.

As proximidades com Jeff e Érika criaram uma tênue rede que amenizava minha incompetência social. Vestindo parte da armadura de brasileiro que me ofereceram, aceitei cozinhar uma feijoada na casa de Jeff. Optei pela saída fácil e econômica. Fui a um supermercado português, comprei feijões-pretos cozidos enlatados, paio, linguiça italiana e carne do porco.

Fazer a feijoada era uma moeda distintiva e uma desculpa para passar a tarde de sábado bebendo com Érika na casa de Jeff. Desde que recebi o convite para cozinhar algo à brasileira para a turma coloquei como condição que precisaria da ajuda de minha conterrânea. Isto não precisava nem ser dito, Érika era o protótipo da brasileira boa praça e antenada, querida por quase todos. Minha antípoda. Talvez por isso eu a desejasse tanto.

Érika estava longe de ser minha paixão platônica ou a mulher de meus delírios carnais. Ela era, apenas, um monte de coisas que eu não conseguiria ser: bilíngue, mulher, livre e descolada.

O segredo da feijoada era não revelar que os feijões eram enlatados. Para tirar o gosto de sal e água de sua cozedura industrial bastou temperá-los com alho, cebola, pimenta do reino, um pouco coentro e cebolinha. As folhas deram o tom exótico que os esnobes da McGill esperavam de um prato brasileiro.

Para a galera não sacar que os feijões eram pré-cozidos, enlatados, leveio-os em uma grande vasilha de plástico. Na hora marcada, meio dia, cheguei à casa de Jeff, cheio de sacolas. Além das carnes e dos feijões, trazia doze cervejas longnecks. Érika já estava lá, sorridente, disponível. Para acentuar o truísmo, ela tinha colocado Paulinho da Viola nas caixinhas de som que encontramos na cozinha. Cenário posto, notei que Érika usava calça jeans, uma camiseta com a estampa de Noel Rosa. Ela estava radiante, sua blusa deixava transparecer os seios, pois ela estava sem sutiã, as calças jeans acentuavam sua pequena bunda empinada. Tive uma levedação.

Jeff deixou-nos sozinho na cozinha. A feijoada ficaria muito melhor flutuando pelo modo desencanado com que Érika destilava seus éssis cariocas. Sorvendo a Boréal Lager que havia trazido, o mundo parecia quase aconchegante. Sem muitos senões, começamos a cozinhar carnes, legumes, verduras e tubérculos.

— Paulo, Temos que fazer uma feijoada dessas só para brasileiros. Falar de nosso jeito, xingar, dançar, sentir saudades, ouvir Tom Jobim.

— Xavecar com você. Trepar à brasileira

— Ixiii, Quem é Maria Preá? Baixou o machochô brasileiro

— Deixa quieto. Vamos botar Belchior pra tocar, que tal? Tirei o celular do bolso e mandei o petardo

— "Como Poe, poeta louco americano, eu pergunto ao passarinho: Black Bird, Assum Preto, o que se faz? E raven never raven, never raven. Pássaro preto, pássaro preto me responde: tudo já ficou para trás"

— Porra Paulo, adoro Belchior, mas você se agarra a cada coisa. Sua trilha sonora deveria ser I don´t like to stay here/ I´d like to go back to Bahia

— Não tô nem aí pra Bahia, não sou baiano

— Você é um machinho sofrido, não sabe nada. Go Back to Bahia é de Paulo Diniz, um pernambucano.

— Sou nômade!

— Êparrei, você é Machochô. Mas não é sina não, é o jeito que você achou de se jogar no mundo, com essa onda de roqueiro, no fundo te acho um carpideiro de Belchior!

Érika pegava pesado, sabia ser dura como só as brasileiras o fazem. Dava-me rasteiras que eram pura elegância. Eu corria o risco de me apaixonar pelo modo como ela me nocauteava. Sem dó, sem tréguas. Como muro de arrimo eu me voltava às garrafas. Entornei um pouco de cerveja no caldo e mexi lentamente. Não havia muito tempo a gastar, o feijão já veio cozido, as linguiças eram defumadas e a carne de primeira, fácil de cozinhar, o repasto abrasileirado estava pronto.

— Paulo, esquecemos a parte vegetariana!

Eu havia me esquecido, Jeff havia pedido para fazermos uma parte da feijoada sem carnes pois metade da turma da McGill seguia o script do politicamente correto e era vegetariana!

— Puta merda, fudeu! E agora? Já sei, vou descer, comprar algumas latas de feijão e umas batatas

— Relaxa, veja se você vê um escorredor ou uma peneira grande ali no armário das panelas

Havia um escorredor de macarrão com haste de inox, daquele tipo que era usada no Brasil para lavar o arroz, passei rapidamente a peneira para Érika. Com destreza ela pegou outra panela e começou a peneirar a feijoada separando todos os pedaços de carne, dividindo o feijão de maneira igual e jogando banana e repolho no que seria o suposto prato vegetariano.

— Fica vigiando para ver se alguém não se aproxima da cozinha

Jeff estava vindo buscar uma cerveja, peguei uma de minhas Boréal e fui em direção a ele. Pedi para ele colocar o último Godspeed em vinil. Eu sabia que ele tinha o disco, pois na minha última festa fui checar que som denso, quase metal, era aquele que estava tocando e deparei com o vinil da famosa banda alternativa de Montreal.

Godspeed You! Black Emperor nos salvou. Enquanto Jeff pegava o disco, Érika resolveu tudo. Quando voltei ela anunciou que a feijoada estava pronta. Já alto, após seis cervejas, ajudei a servir os pratos que eram feitos por nós na cozinha, direto do fogão. Logo começou o barulho da comilança. Eu estava nervoso. Marta, uma estudante espanhola, quebrou o silêncio, e em espanhol arrebatou:

— Puta que Pariu, que delícia! Você vai virar nosso cozinheiro de plantão!

Como Marta, Jeff também optou pelo prato vegetariano. De boca cheia Jeff anunciou:

— É um dos melhores pratos vegetarianos que já provei. Paulo, temos que ter mais desses almoços. Está uma delícia

Olhei com cumplicidade para Érika, que jogou seus cabelos negros para o lado e piscou para mim. Pensei ter ganho algum cupom de desconto naquele momento. Não sabia se ria ou se me acanhava, mas não havia como não pensar que a delícia do feijão com banana e repolho estava no caldo. Não podia tripudiar e tirar onda com Érika, pois Marta podia entender alguma coisa da conversa. Voltei a beber, baixei a guarda, tive um acesso de riso.

Terminado o almoço, depois de um café, boa parte da turma começou a sair, ao final ficamos, além de Jeff, Érika, Marta e eu. Bêbado e cansado, fui lavar os pratos e as panelas. Érika me puxou com os dedos molhados pela camisa e disse que achava que deveríamos ir embora. Parvo como sou não havia notado que poderia rolar algo entre Marta e Jeff, que esperavam o momento em que os convidados tivessem ido embora para tentar outros solos.

As mãos molhadas de Érika em meus peitos atiçaram meu tesão, peguei quatro das cervejas que restavam na geladeira e coloquei dentro de minha bolsa. Jeff agradeceu a tarde maravilhosa. Érika e eu colocamos nossos casacos e nos despedimos, saímos andando pela calçada da Saint-Catherine. Parecia um presságio, faltavam ainda dez dias para o solstício de inverno, mas começou a nevar. Ainda não era a neve seca do inverno, estava mais para um punhado de gelo derretido, que em Montreal era chamado de *slush*. Érika passou o braço esquerdo pelo meu cotovelo direito, saímos enlaçados, cada um com as mãos nos bolsos dos casacos, pois começou a esfriar. Apesar de meus estranhamentos, eu gostava de caminhar no frio que antecedia o inverno e observar a cidade, afinal tinha uma bela mulher ao meu lado.

— Érika, bora lá pra casa tomar umas brejas?

— Bora, vamos brindar a sua primeira nevasca em Montreal e ouvir seu Belchior

— Depois da tarde brasileira, acho que prefiro Iron Maiden

— Paulo, você é um metaleiro óbvio, mas como disse, você é um carpideiro

Inchados de candura, pegamos o ônibus 51 e fomos para meu apartamento. Chegando lá, temendo contrariar os orixás optei por Belchior.

O apartamento estava uma bagunça. Os cobertores e lençóis jaziam empilhados na cama. Havia várias garrafas de cerveja atrás da porta da entrada que eu juntara para receber o reembolso no supermercado. A louça do jantar boiava na pia, o lixo estava acumulado no chão em frente ao fogão. Érika fingiu não notar, chegou os cobertores para o lado, abriu uma cerveja e sentou-se na cama. Como meus sensores críticos estavam desligados peguei a cerveja e sentei ao seu lado, olhando-a nos olhos, peguei em suas mãos. Abracei-a por trás e a encaixei, abraçadinhos. Fiquei de pau duro!

— Paulo, não vai rolar. Você é fofo, mas eu não estou a fim deste negócio abrasileirado. Estou saindo com um cara aqui, está legal. Acho você massa, até suporto sua carapaça metal chororô, mas não vai rolar

— Tudo bem, deixa quieto! Mas...

— Caraio, Você é teimoso, quanto mais você insistir, menos vontade vou ter. Relaxe, vamos tomar cerveja e ouvir música.

— Certo!

— É muito metaleiro este jeito de achar que já que vim para seu apartamento, deveríamos trepar. Esse clima me tira até a vontade de conversar com você

Eu fiquei puto. Estava cheio de tesão e expectativas. Sentido a derrota, fiquei calado. O mais difícil foi aceitar que não era a desilusão de uma paixão não correspondida, mas sim orgulho besta, um macho pego pelo rabo, que após uma carrilada de negativas não sabia como lidar com elas.

Érika ficou mais um pouco, bebendo cerveja e cantando faixas de Alucinação, que acabou se tornando a trilha sonora de minha estada em Montreal. Eu adorava o disco, mas não havia pensado que ele seria parte ativa de meus exercícios de solidão. Antes de aportar, eu me imaginava caminhando por Montreal embalado por Cowboy Junkies, Neil Young e Rush, canadenses de Toronto que ali eram ignorados. Belchior impôs-se como necessidade.

Érika deitou na cama e tirou um cochilo, eu ainda tentei acariciá-la, passar a língua dentro de sua orelha, a retribuição foi um empurrão de quem parecia estar dormindo. Tentei ler Factotum, mas o inglês saltava aos meus olhos de modo superficial. Não havia prazer literário sem imersão. Depois de um café, Érika colocou as botas, o casaco e foi embora. Restou-me uma punheta rápida e insossa.

Eu sabia que não podia me entregar a autocomiseração. Mariana não atendeu meus apelos no Facebook , eram onze da noite de um sábado no Brasil. Ela devia estar em altas, se aventurando pelas línguas do Recife, gastando afetos. Abri no Kindle o último livro do Daniel Galera, "Meia-Noite e Vinte".

O livro era a história do reencontro da turma de escritores

que mexeu com a literatura underground brasileira na época
do webzine Orangotango. Galera era bom, um escritor amadu-
recido que enfrentava com verve as angústias de sua geração.
Surpreendi-me ao imergir no livro. Até então evitava livros em
português, apostava todas minhas fichas na língua inglesa. Tal
como Belchior, foi um escritor brasileiro que me fez sentir que
estar em casa para mim era imergir na solidão.

Fazia tempo que não lia um romance com tanta entrega.
Coloquei uma garrafa de vinho barato ao lado da cama, ajeitei
as cobertas, assei no forno duas linguiças italianas e dediquei-
me ao Galera. Como toda ficção de peso, eu me sentia na pele
dos personagens de Meia Noite e Vinte, partilhava suas angústias. Já na metade do livro, no meio da noite, meio bêbado,
vi-me na pele de Antero que sozinho em casa, preparava me-
ticulosamente uma punheta com vários vídeos da Internet que
seriam visto em sequência até ele gozar. Nenhuma identificação
é total, meu encontro com Antero passava longe da mímesis.
O que partilhei foi sua preparação e utilização da internet para
outro gozo solitário. Sequer usávamos os mesmos métodos,
ele era meticuloso, procurava segurar o gozo quase simulando
o tempo de uma transa. Eu, pragmático, comecei a me masturbar pensando em Érika em minha cama, sem roupas, me
chupando enquanto eu segurava seus cabelos e lhe dizia: "vou
gozar, vou gozar". Um aviso, caso ela quisesse tirar a boca na
hora. Uma catarse para quem, como eu, pensava ser possível
gozar o gozo do outro.

Fechei os olhos, curti um pouco meu ato solo, peguei o
lençol, limpei-me e fui dormir sem praticar os exercícios de
combate à morte corriqueira. Eu sabia que a única maneira de
fugir dos exercícios era esquecendo-os.

O final era a parte mais difícil, tal como o livro de Galera que parecia ter sido terminado nas coxas, faltavam aos finais de meus onanismos o gozo catártico. O que restava eram as manchas de porra no lençol.

25 Com o solstício de inverno, chegaram o frio e temperaturas insuportáveis para uma criatura dos trópicos. Apoiei-me na rotina e toquei a vida como dava. Paradoxalmente eu me sentia quase em casa. Comecei a dizer, como os habitantes de Montreal, que um grau era quente. Como estratégia de sobrevivência, ergui uma grade de tarefas regulares. Todo dia eu acordava, fazia cocô, tomava um banho quente de meia hora, preparava um sanduíche, uma garrafa pequena de café e escrevia pelo menos três páginas da tese. Ir ao banheiro de manhã era parte de minha busca por estar em casa. Desta feita, adaptei-me à falta dos chuveirinhos de bunda e passei a lavar o cu durante o banho.

Para não sofrer muito com a tese utilizei uma forma óbvia e careta. Eu escrevia os capítulos teóricos enquanto procurava não pensar em como aplicaria os conceitos. Com exceção das quartas, em que ia às aulas na McGill, e sextas à tarde, em que frequentava um curso fajuto de inglês, o resto do tempo eu ficava em casa, à deriva. Enquanto lia, em inglês, O Monstro do Pântano, de Alan Moore, acabei mimetizando aquele esgarçar-se pelas raízes, só que meu pântano era o apartamento 1 e ½. Foi ali que desenvolvi meu devir árvore.

Eu vivia entranhando na cama, onde tresnoitava e lia. Arvorizava na mesa, que era, ao mesmo tempo, bancada de trabalho e refeição. Entroncava-me na cozinha, lugar de preparo dos repastos e da abertura das cervejas, misturadas a alguns goles de vinho.

O apartamento não estava vazio, já que eu era uma matilha

de um só lobo cercada por vários demônios. Era uma batalha diária contra eles. Toda noite os demônios começavam um estranho processo de multiplicação. De dia eu me livrava deles labutando. A cada livro lido ou página escrita, uma parte deles desaparecia. A solidão era uma necessidade, mas também era o alimento daqueles pestinhas. Comecei a perceber que a cada dia eles estavam mais parecidos comigo. Tal como eu, eles estavam ficando barrigudinhos e barbudos. Os cabelos lhes caíam pelo rosto até a cintura.

Arvorizando, criei uma estranha religião. Os livros sagrados da seita eram The Dharma Bums e Swamp Thing, cujo título em inglês era mais próximo às minhas transformações que sua tradução para o português. Coisa é anamórfico, menos humano que monstro. Eu vivia intensamente aquela forma de ligação com o sobrenatural. Li Dharma Bums três vezes, escutei o audiobook na voz de Allen Ginsberg, li Swamp Thing na versão Kindle e em uma cópia PDF em português. Como eu não queria encarar o crescimento de minha pança, eu olhava as fotos de Alan Moore e me imaginava um sósia do velho bruxo. Mas era fácil notar que eu estava mais para Bilbo Bolseiro do que para Gandalf. De qualquer modo a levedação me inspirava. O ritmo de minha escrita era a labuta que permitia sobrevoar o abismo, sem necessariamente cair.

Como eu passava muito tempo em casa, desenvolvi estranhas relações com as pessoas que habitavam o prédio em que eu morava. Meu vizinho de frente, Maurizio, era um senhor magro, desdentado, descendente de italianos. Ele vivia de pijamas, usava chinelos e tinha cerca de sessenta anos. Todos os dias ele batia na minha porta às oito da manhã e exercia um estranho ritual.

— Bom dia! Como você está? Tudo bem?

— Não estou mal! E você?

— Mais ou menos!

— Ok, tenha um bom dia!

— Bom dia para você também!

Sempre que eu colocava a chave na fechadura da porta, fosse para entrar ou sair, ele ouvia o tilintar das chaves e corria até a porta para falar comigo. No início, apesar de achar estranho, fui tocado pela ilusão de que isso era legal, afinal ele era um senhor, aparentemente inofensivo, que cumpria sua cota de comunicação. Mas o número das batidas na porta aumentou. Comecei a ficar cabreiro. Que porra de invasão de privacidade era aquela merda?

Um dia quando voltava do supermercado vi um carro de bombeiros e uma ambulância, parados em frente ao prédio. Apesar de ser no lugar em que eu morava, fingi que não tinha nada a ver com aquele povo da ambulância entrando no prédio em que eu morava. Poderia até ser um incêndio, mas desde que não afetasse meu apartamento, eu me sentia indiferente. Quando cheguei ao segundo andar notei que os bombeiros e paramédicos estavam na casa de Maurízio. Olhei pela porta, meio sem jeito, e perguntei se estava tudo bem. Um dos bombeiros me olhou com um azedume que parecia querer dizer: "Mais uma vez temos que vir dar conta dos chamados de velhos depressivos".

De dentro de seu apartamento, Maurízio, sentado na cama me acenou.

— Está tudo ok, meu amigo brasileiro, tudo bem!

Uma bombeira olhou para ele, respirou fundo, balançou os ombros e saiu. Entrei em casa, guardei as compras, fui para cama e abri um livro. Quando fui fazer café notei que havia esquecido de comprar o açúcar. Encapsulei-me em minhas roupas e me preparei para enfrentar a neve. Quando abri a porta do apartamento vi uma senhora bem-vestida, sentada em uma cadeira ao lado de Maurízio, que estava encostado na cabeceira da cama dele. Dirigi-lhe um olhar direto. Com um gesto, ele deu a entender que estava tudo bem. Imaginei que Maurízio tinha uma irmã, amiga ou ex-mulher que se preocupava com ele, um acalanto. Dois dias depois ele bateu em minha porta no meio da manhã e pediu dois dólares dizendo que me pagaria no outro dia. Peguei uma moeda e entreguei a ele sabendo que não a teria de volta. De outra vez ele me pediu cinco dólares. Fui pego de surpresa, juntei três dólares em moedas de dez centavos que estavam ao lado de minha cama e dei a ele, dizendo que era todo dinheiro que tinha comigo. Um dia depois, ele bateu em minha porta e foi além do simples bom dia, com um sorriso sorumbático e desdentado ele começou a falar:

— Bom dia, meu amigo do Brasil, olha sei que disse que te pagaria, mas preciso de um favor, será que você poderia me emprestar dez dólares?"

— Não tenho esse dinheiro

— Preciso almoçar

— Eu também

— Tudo bem, de qualquer forma obrigado!

Incomodado, apertei a carteira no bolso de trás de minhas calças. Eu tinha mais de vinte dólares, mas precisava fugir daquela armadilha. Se tivesse dado mais dinheiro a Maurízio me tornaria uma presa fácil no jogo colonizador-colonizado. Fui ao supermercado, na volta quando coloquei a chave na fechadura de meu apartamento, Maurízio apareceu.

— Hummm, o que você vai comer? Mangiare?

— Não sei ainda, talvez algum enlatado ou macarrão instantâneo

Com destreza, Maurízio fez um movimento rápido com a mão, abrindo minhas sacolas para ver o que tinha dentro.

— Hummm, hambúrguer de frango. Isso é muito bom

— Ah, é, mas acho que vou fazer hambúrguer outro dia, agora quero descansar

— Ok, tenha um bom dia

— Você também!

Entrei, tranquei bem a porta. Aquilo era assédio afetivo. Meia hora depois, ouvi as costumeiras batidas na porta. Pensei em continuar deitado, quem sabe ele pararia com aquilo. As batidas ficaram mais fortes. Sentindo-me culpado, abri a porta.

— Meu amigo! Quando for fazer o hambúrguer eu quero experimentar

— Não entendi?

— Eu gostaria provar um pedaço de seu hambúrguer

— Ah, sim, olha agora preciso descansar, acho que vou fazer pro almoço, quando estiver pronto te dou um

— Obrigado amigo!

Puto da vida, tranquei a porta e fui para o fogão preparar os hambúrgueres. Cinco minutos depois Maurizio bateu novamente na porta.

— Já está pronto?

— Eu te disse, assim que estiver pronto eu bato na sua porta e te dou um, relaxe

— Eu estou relaxado

— Até mais!

Quando ficou pronto, mesmo contrariado, mas portador de culpa, bati à porta de Maurizio e entreguei um sanduíche de hambúrguer de frango. Nem ouvi os agradecimentos, voltei para meu apartamento e tranquei a porta com força, como se aquele gesto pudesse me livrar daquele estranho vizinho. Tive que negar diversos pedidos de dinheiro, de comida, até que eles cessaram e Maurízio retornou apenas ao rotineiro "Bom dia! Como vai?"

Esse irritante ritual durou quase todo tempo que morei em Montreal. Acuado em meu mundo, não tive coragem de dizer-lhe: "Olhe, não tenho espaço para acomodar seus demônios, os meus já ocupam quase todo apartamento". Seguindo o roteiro, eu repetia todos os dias "Não estou mal".

Um dia lembrei-me da senhora bem-vestida que vi no apartamento de Maurízio, logo após o incidente com os bombeiros. Me dei conta de que ela não retornou ao prédio, só então caiu a ficha. Ela não era parente ou amiga, era uma assistente social que veio fazer o *check up* após o chamado aos bombeiros. Não houve fogo, incidente, nada. Foi apenas o pedido de socorro de um velho que precisava desesperadamente trocar algumas palavras com outro humano.

"O paraíso, amigo, nunca vem de graça".

26 Após a chegada do inverno, descobri que aquela era uma estação monocromática. Quase todos os adultos usavam pesadas parkas escuras que se destacavam do fundo branco neve que pintava Montreal durante dezembro. As exceções, que facilmente chamavam atenção, eram os casacos vermelhos que algumas mulheres usavam e o colorido das parkas infantis que injetavam alguma balbúrdia àquela modorrenta estação.

Seguindo a moda dos tons escuros, nas ruas, nos ônibus e nos metrôs todos pareciam calados e sorumbáticos. Nem nos idílios mais toscos de um headbanger tropical, eu poderia ter imaginado aquela sinfonia doom. Não havia como não pensar em rasgar um pedaço do próprio pulso para aguentar aquele turbilhão de neve, vento e dias cinzentos.

Mas ao contrário do que possa parecer, o inverno não era tempo de ficar em casa, isso poderia acentuar os aspectos suicidas dos tons escuros que se formavam em torno de uma ocasional manhã de sol. De minha parte, o inverno era vivido na mesma rotina que estabeleci no outono. Eu acordava, ia ao banheiro, tomava banho, fazia o café, tirava a carne do congelador e me obrigava a escrever parte da tese de doutorado. Os cerca de 1400 dólares canadenses mensais depositados pelo governo brasileiro eram suficientes para uma vida frugal, mas tranquila. Era incrível, mas eu vivia um oximoro, eu era um rico estudante brasileiro.

Todo sábado eu continuava meus passeios pelas livrarias Indigo e Paragraph, escolhia um romance ou uma HQ e dava início aos trabalhos de final de semana. Nestes dias eu não escrevia os capítulos da tese, apenas andava pela cidade, lia em qualquer café, à exceção do Starbuck. Descobri que os melhores cafés e refeições eram inversamente proporcionais à qualidade do acesso à internet. Meu *diner* preferido ficava na Somerled Avenue e sequer tinha rede. Eu também comprava livros digitais, já que uma de minhas formas preferidas de ampliar o vocabulário eram as leituras, e nada mais prático do que encostar o dedo na tela e ter acesso à tradução. Tudo bem, os dicionários do Kindle não eram lá essas coisas mas a facilidade compensava a ausência de phrasal verbs ou de expressões idiomáticas. Naquele tempo meu sonho de consumo era um leitor digital que viesse com a gravação da pronúncia das palavras, ou alguma entidade cósmica que transformasse o suburbano estudante brasileiro em um descolado poliglota.

Comecei a desenvolver diversas estratégias *flâneurs* para abocanhar a cidade no inverno. Minhas investidas começavam em casa com a escolha de um álbum, em geral de heavy metal, que baixava no celular para servir de trilha sonora para minhas caminhadas. Nunca gostei de parar e escolher outro álbum, eu deixava acionado o repeat para que as canções continuassem até que estivesse de volta em casa. Se no Brasil isso era somente parte do ritual, no inverno de Montreal isso se transformou em uma estratégia de sobrevivência já que eu não estava interessado em parar, tirar as luvas, congelar as mãos e trocar as músicas. As poucas ligações que recebia, fossem de Èrika ou de minha mãe eram respondidas automaticamente pelos fones de ouvido bluetooth. Eu era obcecado por deixar os fones carregando antes de começar a beber com receio de que tivesse de usar os fones com fio, um grande inconveniente quando se está usando uma *parka*.

Notei que uma das formas de distinção durante inverno eram as botas. Ao contrário dos tons sombrios que pululavam nas cores dos casacos, calças e gorros, as botas de neve eram variadas e coloridas. Quase todo mundo parecia investir nos calçados. Era possível localizar distinção social, juventude, sobriedade, radicalidade e despojamento no modo como os pisantes se afirmavam. Haviam botas bem engraxadas, botas de couro que colocavam seus usuários em um patamar acima na escala social e botas de segunda categoria. Entre os descolados eram comuns botas de marca como Blundstone e Timberland. Elas pareciam gastas, usadas, mas seu charme era justamente o aspecto de resistência ao tempo da moda. Esse fetiche era facilmente alcançado usando-as continuamente no inverno sem limpá-las. Tive uma crise de riso com essa iluminação. Antes do inverno eu já havia sido sujeitado, tinha sido engavetado no papel de lobo roqueiro quando comprei minhas Dr. Marteens verdes. Eu era um singular como um qualquer otário dentro da deliciosa máquina de triturar humanidades.

No inverno tive necessidade de beber mais vinho, diminuindo um pouco o consumo de cerveja. Muitos de meus sábados terminavam com um solitário jantar de carne de porco e uma taça de vinho tinto, o resto da garrafa era consumido na cabeceira da cama sob a luz fraca do abajur, como acompanhamento para Sandman, Swamp Thing, Kerouac, Bukowski, Gutiérrez e Laferrière. Como senti falta dos devaneios do português, retomei tudo que tinha no Kindle de Reinaldo Moraes, Mirisola, Bernadette Lyra, Ana Cristina César, Carol Teixeira e Guimarães Rosa. Não havia nada do Bortolotto ou da Márcia Denser. Mais vazios.

Quando li as palavras de Bukowski em Factotum, fui travestido por sua pele, senti-me como se fosse o próprio Velho Old Buk: "I was a man who thrived on solitude; without it I was like another man without food or water. Each day without solitude wekeaned me. I took no pride in my solitude; but I was dependet on it. The darkness of my room was like a sunlight to me. I took a drink of wine".

Eu já havia lido aquele trecho inúmeras vezes na versão em português em algumas de minhas imersões no mundo do dirty old man nos anos 1980, 1990, 2000, mas nunca me senti tão próximo daquela elegia. Até aquele momento ansiava pela luz sem notar que seu excesso me cegava. Minha matéria vital eram os paradoxos: quando vivia a intensidade de meus poucos relacionamentos, devia solidão. Quando vivia solidão, devia paixão.

"Please, Let me Die in Solitude!"

27 Comecei a perambular pelo circuito de metal, no centro, às quintas-feiras. Normalmente eu olhava na internet se haveria algum show interessante e caso estivesse dentro de meu orçamento, eu me permitia o regalo. O meu bar preferido era o Foufounes, mas se não houvesse nada acontecendo eu optava pela atmosfera mais deprimente do Piranha's Bar. Isso não tinha nenhuma relação direta com o clima do bar. Entre o triunvirato da música pesada no centro, o Piranha's era o menos atraente. Mas lá era o lugar onde eu me encolhia com mais conforto em minha solidão.

Foi em uma dessas noites que revi como era difícil encaixar culturalmente nossas preferências musicais. O som ambiente do Piranha's não era eclético. Basicamente se ouvia hard rock, especialmente aquele som *mainstream* oriundo de Los Angeles nos anos 80 e 90. Era estranho perceber como muitas das bandas que eram rotuladas como heavy metal no século passado hoje estavam mais para um rock laquê. De qualquer forma, a música parecia fazer uma junção entre o espaço de cima do bar, onde aconteciam os shows, os velhinhos que se colavam às *slot machines* e a pequena turma que se dividia entre animados grupos e cervejeiros solitários como eu.

Eu não romantizava nada naquele bar. Sabia que gostava de lá porque tinha uma argamassa afetiva com a seleção musical. No Piranha's tive certeza de que boa parte daquelas canções seriam desprezadas por mim se as tivesse escutado em 2015, mas naquele lugar eu me vi em uma máquina do tempo alquebrada. Apesar de crescer musicalmente no final da década de noventa, sempre tive uma inexplicável queda pelo mau gosto dos anos oitenta.

Desenvolvi um ritual para as pequenas viagens afetivas no

Piranha's. Primeiro, eu pedia uma *pint* red ale, então eu buscava lugar em uma das mesas de estofados vermelho, abria meu celular e mandava um monte de mensagens para os amigos brasileiros. Ao contrário do Foufounes, ali eu nem brincava de imaginar que alguém sentaria ao meu lado, que eu não sairia de lá sozinho. As poucas mulheres que frequentavam o Piranha's se distinguiam por um inglês fluente, quase norte-americano, sem pausas ou evasões. Era estranho notar que em um lugar onde as mulheres pareciam saídas de videoclipes dos Guns and Roses, elas acabavam se afirmando pela autonomia linguística.

Foi em uma dessas solitárias noites que notei como minha ignorância de outros gêneros musicais muitas vezes me jogava no binarismo pra lá de conservador. No mundinho formado por escutas blindadas eu não notara que as complexidades podem aparecer nos lugares mais inesperados. Eu estava ouvindo nas caixas de som do Piranha's "You're no Good" com o Van Halen, quando lembrei que tal como outros sucessos da banda, "You're no Good" era parte de uma lista de canções antigas que faziam parte do imaginário musical dos caras quando pirralhos. Comecei a procurar as músicas originais, já sabia que "Pretty Woman" era um antigo sucesso de Roy Orbison e que dois de seus grandes hits eram regravações do The Kinks. Até aí eu ainda estava no repisado mundo do rock and roll. Mas ao passear pelo Youtube incorporei à minha playlist as vozes do bluesman John Brim em Ice Cream Man, da cantora soul Betty Everett cantando You're no Good e Martha & Vandellas em Main Street, todas canções que eu já havia escutado nas versões laquê do Van Halem. Ouvindo as primeiras gravações dos sucessos do Van Halen percebi como a banda californiana possuía dilatações musicais que passaram batidas por meus filtros musicais.

Lembrei-me que em meus primeiros anos de metal fiquei encantado com uma antiga foto dos integrantes do Van Halen junto com o Black Sabbath. Mas ali, sozinho em Montreal, levedei. O Van Halen, mesmo com a pirotecnia, com a apologia da vida roqueira em L.A. e os excessos da guitarra nunca tinha sido metal de fato. Eles foram menos, porque alegres e coloridos, mas foram mais, porque abriram através da música pesada o meu encontro com a turma do blues e do soul. Parte de suas regravações eram versões de potentes vozes negras e femininas.

Naquela noite excedi os quatro pints que meu orçamento permitia neste tipo de deambulação. Perdi o horário do metrô, andei mais de quatro quadras para pegar o ônibus noturno enquanto tremia de frio, sentindo os doze graus negativos misturados com minha embriaguez. Chorei de frio. Alguma coisa em minha memória abriu as comportas para uma enxurrada de lágrimas represadas que misturavam nostalgia, autocomiseração, tesão e uma enorme vontade de estar ali, exatamente onde eu estava, em um sombrio ponto de ônibus vazio, na congelante Montreal. Uma quase paisagem de Edward Hopper: ruas sem movimento, um prédio escuro em frente a um ponto de ônibus quase coberto com a neve amontada, cortada pelos ventos invernais.

28 Com a proximidade do final do ano começaram as confraternizações. Nas festas da turma da McGill, todo mundo fingia ter interesse nos outros, mas esta era uma partilha atrofiada, cujo objetivo era poder falar de si mesmo. Como era esperado, fui convidado para uma confraternização na casa de minha supervisora. Economizei al-

gumas cervejas, presenteei-a com um livro do China Miéville, The City and The City. O livro não era um presente qualquer, ele estava sempre em minha cabeceira quando eu pensava nos descompassos das várias cidades que habitavam um mesmo lugar.

Naquele 27 de dezembro o encontro funcionaria como minha *farewell party*. Acho que por isso minha supervisora estendeu o convite para vários estudantes. Eu estava disposto a baixar a guarda, queria beber um pouco mais, passar dos limites que me garantiam um retorno quase tranquilo para casa. Para minha surpresa, quando cheguei na festa, Érika estava lá, assim como Cathy. Como nunca tinha tido nada sério com nenhuma das duas, não era uma situação com qualquer grau de constrangimento, pelo menos assim eu imaginava.

Comecei os trabalhos, bebi vinho e depois parti para o whiskey oferecido pela minha supervisora. Pensei que haveria um monte de comida, por isso cometi o erro de não jantar antes. Eu estava parecendo um urso antes da hibernação por isso tentava comer menos. Mas era uma festa com muita gente e apesar de vários tira-gostos, a comida mal deu para o aquecimento. Era um sinal ruim para alguém que esperava ficar até mais tarde sem dar vexame. Minha despedida prometia ser mais um fracasso, talvez dos grandes.

Fui surpreendido pelo interesse dos professores sobre minha tese de doutoramento. O famoso professor Will Straw gastou boa parte de seu tempo conversando comigo. Expliquei-lhe a importância de seu conceito de cena cultural para minha pesquisa, agi como um vira-latas baba-ovo. Afora isso, como todos nós, ele estava assombrado pela Vitória de Trump na corrida eleitoral nos EUA.

— Acho que as cidades serão os lugares das mudanças nos próximos anos, cada vez mais seremos tocados pela possibilidade de agir próximo aos políticos que podemos pressionar no dia a dia e pelas políticas locais

— Vejo isso no Brasil, onde talvez seja a última forma de atuação que nos resta. Aprendi muito com sua ideia de cena cultural. Essa jogada de que a cena é uma forma de teatralizar a cidade é muito legal

— Que bom. Mudando de assunto, talvez você já saiba, mas um professor de sua universidade, meu amigo, vai chegar no início de janeiro para passar um tempo na McGill como visiting scholar. Com certeza vocês se conhecem já que ele trabalha com as cenas musicais em Recife

— Ah, você está falando do professor Jeder Janotti. Na verdade, é estranho, pois apesar de termos muita coisa em comum, não conheço ele muito bem. Li os textos dele mas convivemos pouco.

— Poderíamos marcar algo juntos, um jantar, antes de você ir embora

— Ah, não sei, sabe vou retornar ao Brasil em dez dias

— Bem, qualquer coisa é só avisar, de qualquer modo devo ir a Recife no próximo ano

— Professor, desculpe-me, mas minha bebida acabou, vou pegar mais uma dose!

Porra, eu estava virando um canadense no pior sentido do rótulo, em vez de dar pistas que eu não ia com a cara do tal de Jeder, um professor afetado e vaidoso, eu pedia desculpas e me retirava do papo. Que merda!

Pra ser sincero, um monte de gente na universidade em Recife me aporrinhava com a pergunta: por que tu não trabalhava com o Jeder Janotti? Por que ele não é seu orientador? Na verdade, afora alguns interesses musicais em comum e de transitarmos pelos mesmos lugares no centro dos arrecifes, desde a primeira vez em que o vi em um dos bares da Rua Mamede Simões no centro de Recife, achei o cara um esnobe, aquele tipo de poser acadêmico que finge ser boêmio, enfim um pop cult descolado. Jeder era parte de uma turma que eu evitava no Recife. De fato, ele já havia mandado um e-mail para mim dizendo que estava vindo para Montreal. No e-mail, ele perguntou se poderíamos marcar um encontro antes de meu retorno, eu respondi evasivamente que talvez, pois eu estava preparando as coisas para meu retorno ao Brasil.

Quase embriagado, servi-me uma grande dose de whiskey, fugi dos papos acadêmicos e fui conversar com Érika.

— Tô achando isso aqui chato pra caraio

— Paulo, pare de achar que a chatice está fora de você. O Rabugento aqui é você

— Chato pra caraio. Aliás, para honrar o título não tenho como deixar de dizer: você está linda, um tesão

— Mais uma de suas tiradas macho-alfa. Será que devo dizer para você parar de beber ou beber mais um pouco e desaparecer? Aliás, você está ficando embaçado. Sabia?

— Pô Erikinha, hoje é minha farewell party, dê um desconto

— Eu lá tenho cara de Lojas Americanas para dar desconto pra macho véio? Como dizem as baianas, me poupe, me economize

— Deixa quieto

Nesse momento Cathy e Elizabeth se aproximaram, sem saber, me tiraram da saia justa. Ao seu modo, e em suas diferentes idades, as duas mulheres estavam lindas. Apesar do preto básico que matizava quase todos na festa, Elizabeth chamava atenção com uma elegante calça jeans, conseguindo um destaque que poucas pessoas conseguiam em um artefato tão usual. Já Cathy estava de vestido e meias pretas, meio bêbada, tentando sensualizar, dentro do que era possível para os padrões dela.

Eu estava entediado, mesmo que a conversa passasse pela falta que supostamente elas sentiriam de mim, não deu, liguei o foda-se no automático, mas como estava bêbado, acabei traído pelo álcool e comecei a baixar a guarda.

— Olha, foi muito difícil estar aqui, apesar de vocês tentarem me enturmar, acho que eu sou apenas um brasileiro que se sentiu solitário na maior parte do tempo

— Paulo, este lugar idílico, o tal sertão do escritor Guimarães Rosa só existe na literatura, e mesmo assim ele é um lugar árido e violento

Minha supervisora era realmente magnífica. Ela ainda tinha a capacidade de chutar meu complexo de vira-lata comentando Guimarães Rosa. Comecei a rir e disparei:

— Querida professora, quando eu crescer quero ser igual a você

— Paulo, para ficar parecido comigo você teria de começar uma longa viagem transexual, o que não parece ser mais possível no estranho mundo dos machos em que você vive. Se bem que nos dias atuais isso não me surpreenderia

Cathy e Érika me encararam meio estarrecidas com a estocada fina e profunda de minha supervisora, que arrematando pegou meu copo e foi buscar mais whiskey, restou-me rir alto. Eu adorava o jogo verbal, principalmente quando era ferido por golpes geniais como o que levei. Mas não havia como não me sentir apequenado.

Emborquei meu whiskey e achei que era hora de retirar-me, à francesa, sem falar com ninguém. No outro dia mandaria um e-mail para Elizabeth e pediria desculpas. Mas as meninas perceberam o que se passava pela minha cabeça.

— Paulo, vamos nos despedir da turma, eu e Cathy vamos levá-lo em casa, já chamamos o Uber, será o presente para nosso chato preferido. Bêbado delivery, vamos!

Guiado por Érika e Cathy, segui o roteiro formal das despedidas, depois fomos para fora esperar o Uber. A derrota era inevitável, contudo saborosa. Enquanto eu bêbado seguia o *script*, aguentando de pé em minha última festa em Montreal, as duas mulheres que tornaram minha vida na capital do Quebec minimamente suportável seguiriam comigo, iriam verificar se tudo estava bem, largariam-me trôpego em minha cama e partiriam para aventuras mais interessantes.

29 Quando chegamos ao meu apartamento eu estava em águas. O excesso de diversidade misturado ao álcool me dava náuseas. Depois que as meninas me escoraram até a cama senti uma enorme vontade de vomitar, nem o cheiro do café que Érika estava preparando conseguiu arrefecer minha vontade de colocar os bofes para fora. Sai em disparada para o banheiro, minha cabeça latejava. Nunca consegui economizar comiserações nestes momentos, minhas ressacas eram marcadas por gritos, gemidos. Vomitei emulando O Exorcista. Como acontece nestes momentos, eu me sentia completo: a dor, os ruídos ásperos e o gosto amargo selavam meu mundo.

Depois de esvaziar-me por completo lavei a boca, segurei a cabeça, aprumei os cabelos e joguei-me embaixo d´água. Apesar do frio invernal, a água gelada foi catártica, aplacando a dor de cabeça. Quase renovado, enxuguei-me e reapresentei-me ao mundo. Para minha surpresa, Érika e Cathy estavam risonhas, bebendo vinho. Eu não tinha ideia de onde havia aparecido aquela garrafa, eu achava que meu apartamento estava seco, completamente seco. Com um olhar lascivo, Érika apontou para a garrafa e desembuchou em português.

- Que foi meu bebum? Se não aguenta brincar, não desce pro play. Não me olhe assim. Afanar uma garrafinha de vinho na adega de uma professora da McGill não vai dar em nada. Tirei de quem tem para dar aos que precisam!

Cathy podia até não entender português, mas sua risada era de cumplicidade. Peguei uma xícara de café, sentei em minha cadeira diante da mesa de trabalho e fiquei olhando as duas mulheres, embriagadas e risonhas. O café desceu mal, me deu vontade de ir ao banheiro novamente, sai correndo a tempo de fechar a porta e vomitar o resto da bílis que ainda carregava em meu corpo. Minha cabeça voltou a latejar.

Quando voltei, olhei congelado para minha cama, onde só de calcinhas e sutiãs, as meninas se beijavam intensamente. O fervor de suas pegadas e a profundidade dos afagos de suas mãos deixavam a ideia da quentura de macho que me restava reduzida ao frio invernal do Canadá. A potência, como era sabido, sempre esteve com elas. Em um enredo de filme pornô, agora era a vez do macho alfa entrar em cena, mostrar para que veio. Mas o que senti foi a latência de minha cabeça e uma pequena dor perfurando minhas pálpebras, fiquei com ciúme de Érika, que se entregava à Cathy com uma vontade que eu desejava que fosse endereçada para mim. Os beijos das duas eram quase penetrações nas bocas umas das outras com a língua.

Tentando seguir o roteiro, peguei um copo de vinho, emborquei e sentei-me ao lado das duas. Fiquei petrificado pela intensidade com que elas tiraram as roupas e começaram a se chupar em meia nove. Érika estava em êxtase, ao mesmo tempo em que chupava Cathy com vontade, passando a língua para cima e para baixo em Cathy, ela quase gemia, mesmo com a boca ocupada.

Quase gozando, Cathy começou a apertar minhas calças, eu estava com uma ereção a meio mastro. Levantei e tirei toda roupa, sem glamour ou tempo para pensar. Imediatamente, a ansiedade tomou conta de meu corpo, eu já sabia de antemão que eu não iria ficar duro. Sentido o fracasso atávico de todos os grandes pequenos machos do mundo, sentei ao lado de Érika, esfreguei o pau em suas costas, cuspi na mão e comecei a me masturbar. Cathy olhou, virou de lado, e me abocanhou inteiro, sem meios termos. Eu nunca a havia visto tão excitada, ela enchia a boca como se fosse sugar todo meu sangue em uma única bombada. Fiquei com o pau duro de verdade. Procurei imaginar onde tinha uma camisinha no apartamento. Talvez uma delas tivessem alguma na bolsa. Érika pediu em português

— Paulo, come Cathy para eu ver

— Não tenho camisinha!

— Foda-se

— Cathy, fica de quatro vai, Cathy deixa Paulo comer você. Eu quero ver ele enfiando a pica em você.

Mas eu queria Érika. Com medo de perder o momento meti em Cathy de quatro, senti as paredes da buceta dela comprimirem o meu pau enquanto ela chupava Érika, que deitada, chupava Cathy. De vez enquanto eu sentia a língua dela escorregar e roçar em mim. De repente, ela tirou a língua de Cathy e começou a falar em êxtase!

— Mete nela, mete! Deixa eu ver. Cathy me chupa enquanto ele mete, vai!

Sem camisinha, querendo funcionar de todo o jeito, comecei a enfiar e tirar devagar o pau da buceta molhada de Cathy. Érika era quem dirigia a cena, mas eu não interpretei o papel que me era destinado. Érika sacou que eu não estava funcionando bem, ela puxou Cathy para cima dela, começou a esfregar peitos contra peitos e buceta em cima de buceta, eu saí de dentro de Cathy e fiquei observando. Érika gozava várias vezes, uma atrás da outra com gemidos seguidos. Quando deu uma pausa para respirar, ela puxou a cabeça de Chathy para mim e começou a chupar minhas bolas enquanto Cathy voltou a engolir-me, seu tesão era tanto que ela salivava copiosamente, enquanto continuava a me chupar por inteiro. Enquanto elas eram só uma máquina de gozo, eu era a ambulância da cruz vermelha que recolhia os cadáveres. Eu ficava teso toda vez que as bocas de Érika e Cathy me chupavam mas perdia o vigor quando tirava o pau da boca de Cathy e tentava comê-la de quatro. Contrariado comecei a chupar Cathy, que urrava de prazer. Érika sentou colocou sua buceta em cima da boca de Cathy e partiu para mais uma rodada de gozos.

— Paulo, mete nela, mete, vai! Eu quero ver você comendo ela! Mete!

Virei Cathy mais uma vez e repeti o ato. Meia bomba, toda vez que eu enfiava nela, minha pica saia dobrada. Érika levantou-se e foi ao banheiro.

Sem querer encarar a derrota completa coloquei meu pau na boca de Cathy e quando estava duro de novo, ela sentou em cima de mim, sentiu que eu não estava tão teso.

Érika voltou e começou a chupar pescoço de Cathy por trás enquanto apertava minhas bolas em suas mãos. Não havia jeito, eu estava acabado. Mesmo assim, coloquei Érika de quatro, enquanto elas se chupavam e entrei com tudo. Ela estava completamente molhada, eu sentia o cheiro acre dos líquidos de seu gozo. Érika era puro fogo, mas eu sabia que não era por mim. Era pelo prazer de ver, pela potência da situação. Érika me tirou de dentro dela e com a mão me colocou dentro de Cathy novamente, depois deitou-se ao lado e começou a enfiar um dedo na buceta, enquanto ao mesmo tempo massageava seu clítoris. Ela gozou de novo. Enquanto isso, eu comia Érika com meu pau quase dobrado. Resignei-me.

Ao final restou-me sentar ao lado delas que respiravam ofegantes após os inumeráveis orgasmos. Fiquei ao lado de Érika, que deitada tentou me abocanhar novamente. Talvez, por comiseração, Érika começou a me masturbar.

— Vamos Cathy, faltou Paulo!

Não havia muito o que fazer, tirei as mãos de Érika e comecei a trabalhar-me solitariamente. Era *knockout*. O macho brasileiro acabado, sem ter, sequer, a dignidade de esperar até estar sozinho.

Érika puxou Cathy e elas começaram a lamber-me enquanto eu continuava a me masturbar. Gozei em cima de meu próprio umbigo, uivei como um lobo solitário que se retirava da matilha para dar lugar às lobas que eram as donas do pedaço. Para coroar meu fracasso, ainda em êxtase, Cathy e Érika meteram a língua em meu umbigo e lambiam minha porra enquanto eu tinha comichões e uma imensa vontade de fugir dali.

Por sorte eu havia bebido o suficiente para dormir como uma pedra, agarrei-me as costas de Érika como uma concha enquanto ela dormia agarrada à Cathy. Joguei-me no abismo. No outro dia, notei bem cedo, que elas se levantaram e preparavam-se para ir embora. Fingi estar dormindo enquanto ouvi Érika fechando a porta. Meus demônios se refastelaram!

"Mister Loser!"

30

Após aquele fracasso com as meninas, acabei me recolhendo ainda mais. Se eu tivesse alguma coragem ia às putas, mas me faltava colhões. Eu era a encarnação culposa de Bukowski com Gutierréz. No fundo, eu mais parecia o lado carpideira de Kerouak. Para meu alivio, meu retorno ao Brasil estava próximo.

Certo dia, me sentindo doído de tanta solitude, peguei o telefone e tentei marcar um encontro com Érika que me respondeu de modo lacônico, ela se saiu dizendo que tinha uma viagem com seu boy. Recebi mensagens com convites para últimas cervejas, cafés e passeios. Respondi com economia, mas sem deselegância, a todos eles.

"I Would prefer not to"

Tal como a neve lá fora, eu congelava esperando o derretimento. Resolvi pendências. Fechei a conta no banco, cancelei o celular, limpei o apartamento. O mais difícil era fazer as malas. Peguei toda as coisas talhadas para o inverno canadense e doei ao Exército da Salvação. No pé levaria minhas botas verdes, no ombro um casaco para temperaturas mais amenas. Eu precisava de espaço para carregar as dezenas de camisetas pretas, os onze livros e os demoniozinhos, agora mais crescidos e gordinhos.

Havia uma pendência da qual não havia mais como fugir. O babaca do professor Jeder Janotti havia insistido para nos encontrarmos antes de minha partida. Tentei evitar ao máximo aquela obrigação. Escrevi dizendo que meu voo estava marcado para o dia 31, que seria difícil encontrar tempo para vê-lo mas que eu poderia lhe dar umas dicas sobre a cidade via facebook mas ele respondeu-me que estaria na cidade antes de

IRON MAIDEN
NO PRAYER FOR THE DYING

minha partida. Achava aquilo um saco, mas como ele era o responsável brasileiro pelo convênio entre a UFPE e a McGill, de onde saiu minha bolsa achei melhor torcer-me ao sacrifício e não recusar o encontro.

Os mais desavisados poderiam achar que eu e o digníssimo professor tínhamos um monte de coisas em comum. Janotti era especialista em cenas musicais, eu trabalhava com cenas culturais. Boa parte de seus artigos tinham como estudos de caso o heavy metal, minha grande paixão musical. Muita gente me perguntava se ele era meu orientador no doutorado, eu respondia que ele só orientava projetos sobre música. No fundo, a última coisa que queria era depender daquele professorzinho pedante.

Eu evitava de todos os modos ser associado ao Herr Professor. Apesar de sempre encontrá-lo nos botecos e shows no centro de Recife, eu achava irritante aquela turma da qual ele fazia parte. Tinha aversão à contínua performance de gostos que ele e seus amiguinhos propagavam pelos arrecifes. Eu era apenas um cara que gostava de ler romances e curtia metal. Já a turma do Herr Professor era a comunidade dos descolados: o escriba, o cantor, o poeta, a bailarina, o xamã, a antropóloga, o DJ, a feminista, o crítico, a produtora, o artista, a jornalista. Enfim, eles eram um bloco, eu era a troça de um homem só.

Sem opção, um dia antes de minha viagem, sai do claustro fui ao encontro do Herr Professor. Marquei no Copacabana, não iria entregar o Foufunes Eletric de bandeja para o esnobe. Corroído pelas perdas, perfurado pelas saudades, abdiquei das trilhas que vinham me seguindo e fui direto aos arrecifes enquanto pegava o metrô: "Carrego pra onde vou / o peso do meu som / Lotando minha Bagagem / O meu maracatu pesa uma tonelada de surdez / E pede passagem / O meu maracatu pesa uma tonelada".

O distinto professor me esperava, bebericando de uma pitcher de cerveja, procurava dar pinta de ser um habitante contumaz de Montreal. Ele estava usando calça jeans e uma camisa do Tool. Seu uniforme tentava esconder-lhe a idade, se eu tivesse coragem eu teria dito: "Deixe de ser otário, ninguém compra essa tua onda rock and roll!". Mas eu era apenas um bolsista latino-americano, tentando pagar as contas e os micos da academia.

Assim que me viu, ele se levantou e apertou minha mão com firmeza. Sentei-me desconcertado, peguei um copo e bebi metade em uma única talagada.

— Caro Paulo, como vai? E este frio, hein? O que achou de Montreal?

— É, esta cidade é foda. O transporte público funciona, pode-se andar tranquilo à noite, não há afetos excessivos, cada um em seu quadrado, sobra dignidade onde falta afeto

— Eita, você parece amargurado. De qualquer modo, o que vale nestes tempos fora de nosso país é a possibilidade de nossas paróquias

Por dentro eu morria de rir. O cara ali, exercitando seu mundinho afetado com os supostos amigos professores da Mc-Gill e tirando onda com as paróquias. Puta que Pariu! Que mala! Mas eu não ia entregar os pontos, dizer que foi difícil, que fui obrigado a gastar o que restou de minha sanidade para acalmar meus demônios.

— Professor não posso reclamar muito.. Tive uma ótima supervisora, fiz algumas amizades, li muito, escrevi três capítulos da tese prontos. Conheci o Will Straw, um cara legal!

— Massa. Will é único, um cara generoso ao contrário da maioria de nós. Você sabe que tenho umas rixas com sua orientadora na UFPE, mas depois que você mostrar o que escreveu para ela, caso ela não se importe, eu gostaria muito de ler

— Tranquilo

Ele era um tapado, imaginou que eu ia convidá-lo para minha banca de doutorado. Já bastava meus problemas com minha orientadora. Imagina ter que responder aquele fuinha descolex. Mas ele continuou sua ladainha de frases pré-cozidas.

— Adoro Montreal, acho que poderia viver aqui.

— Bem, para mim, um menino de caipirópolis, foi uma puta oportunidade. Vi vários shows de metal, li no original meus autores preferidos, aprendi o quanto dependo dos arrecifes para estar bem

— Você me parece nostálgico. Mas é bom, acho que sentirás uma ponta de dor quando voltar à Casa Grande & Senzala. As pessoas andam meio para baixo, parece que perdemos muitas batalhas

— É, as coisas andam estranhas por lá, vi um monte de gente próxima querendo combater moralismo com moralização, polícia com policiamento.

— Acho que não conseguimos nos livrar dos rótulos que nós mesmos criamos!

Que coisa profunda, então era assim que você se passa por um douto professor, acumulando uma dezena de clichês. Uau! Mas consegui manter o prumo, do fundo do baú puxei minha cara de paisagem e seguimos com a encenação. Após um silêncio constrangedor, mudei de assunto e comecei a falar sobre heavy metal. Acabamos trocando algumas impressões sobre nossas preferências musicais. Como precisava mostrar ser um transeunte aberto, Herr Professor supervalorizou Earth, Rua,

Rage Against the Machine, Radiohead. Eu o enfrentei com os clássicos e saí do politicamente correto: Iron Maiden, Sepultura, Black Sabbath, Slayer e Pantera. Como sabia de sua propagada rejeição ao Mangue soltei uma pedra.

— Sabe professor, hoje vi o quanto Nação Zumbi foi uma banda pesada e ligada ao modo como habitamos Recife, mas pouca gente consegue notar isso, a turma prefere desmerecer os caras por pura bazófia.

O silêncio nos cobriu novamente, eu bebia com gosto, botar a boca no copo de cerveja servia para aplacar o mal estar. Após a terceira pitcher, meus sinais de alerta foram acionados. Eu estava em uma zona perigosa, abaixando a guarda. Já estava até achando que o professor descolex podia ter algum lado legal. Era hora de retirar-me. Levantei-me.

— Precisamos nos encontrar mais, foi preciso estar fora de Recife para que isso acontecesse

— Massa!

Sem dar muita bola para as afetações daquela sombra de Recife, peguei minha mochila e saí trôpego mas ainda em condições de pegar o último metrô. Senti alívio por me livrar do "Herr Professor". Levedei.

Casa, ao afinal, é o lugar onde somos obrigados a coabitar com nossos demônios.

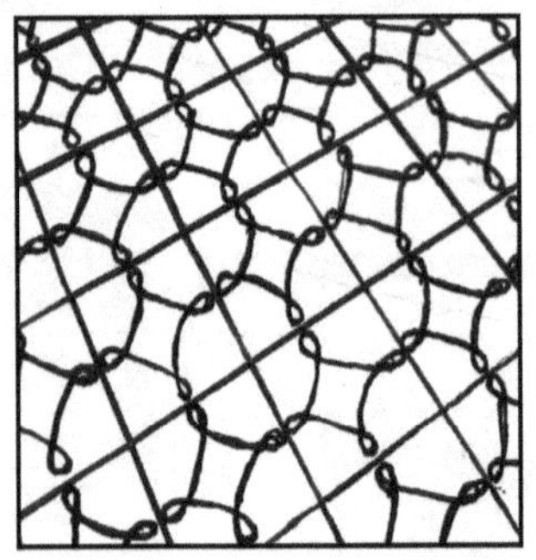

"Too Old to Rock And Roll, Too Young to Die" álbum homônimo - Jethro Tull (1976)

"Deixa a Vida me Levar" álbum homônimo – Zeca Pagodinho (2002)

" Empyre of The Clouds" álbum The Book of Souls – Iron Maiden (2015)

"Heaven and Hell" álbum homônimo – Black Sabbath (1980)

"Nicarágua" álbum Dr. Cascadura – Cascadura (1997)

"Sujeito de Sorte" álbum Alucinação – Belchior (1976)

"Cold Gin" álbum Kiss – Kiss (1974)

"Sober" álbum Undertown – Tool (1993)

"Iron Horse/Born to Lose" – álbum Motorhead – Motorhead (1977)

"Tudo Errado" – álbum Odiosa Natureza Humana- Matanza (2011)

"Velha Roupa Colorida"- álbum Alucinação – Belchior (1976)

"Solitude" – álbum <u>Epicus Doomicus Metallicus</u> – Candlemass (1986)

"Solitude" – regravada no EP Blue – Ocean of Slumber (2015)

"Meu Maracatu Pesa uma Tonelada" – álbum Nação Zumbi – Nação Zumbi (2002)

Sobre o Autor

Jeder Janotti Junior nasceu em Vitória — ES em 1969, mora em Recife desde 2012. Além de professor universitário, ele é baterista bissexto, louco por rock`n`roll e viciado em leitura. Possui diversos artigos e livros acadêmicos. Levedação é seu primeiro romance, um livro que mistura estórias de sua vida acadêmica e de sua paixão por autores que serviram de base para as várias tardes e noites, que desde a adolescência, dedicou aos livros: Bukowski, Kerouac, Bortolotto, Mirisola e Bernadette Lyra, entre tantos que abarrotam sua mente e estantes.

J34l   Janotti Jr., Jeder, 1969-
        Levedação / Jeder Janotti Jr. ; ilustrações de
        Tiago Acioli. – Recife : Titivillus Editora, 2018.
        119p. : il.

ISBN: 978-85-94341-03-7

      1. FICÇÃO BRASILEIRA. I. Acioli, Tiago.
      II. Título.

                        CDU 869.0(81)-3
                        CDD B869.3

PeR – BPE   18-175

PRIMEIRA EDIÇÃO,
Recife, abril de 2018
ISBN: 978-85-94341-03-7

TEXTO ORIGINAL
Jeder Janotti Jr.

ILUSTRAÇÃO
Tiago Acioli

EDIÇÃO, PROJETO GRÁFICO & DIAGRAMAÇÃO
Rodrigo Acioli

CAPA
Rodrigo Acioli & Daniel Barbosa

ENCADERNAÇÃO
Titivillus Editora & Caderno Listrado

CONSULTORIA GRÁFICA
Camilo Maia

REVISÃO
Odomiro Fonseca

CONTATOS
titivilluseditora@gmail.com

Agência Brasileira do ISBN
ISBN 978-85-94341-03-7

9 788594 341037

Encadernação Artesanal
Titivillus Editora & Caderno Listrado
Este livro foi composto com a família tirpográfica *Sabon LT*,
composta por Jan Tschichold;
Impresso em laser sobre papel Pólen 80 g/m²;
Folha de guarda em papel Color Plus Los Angels, 180 g/m²;
Capa Dura em serigrafia sobre tecido, acoplada sobre papel Chipboard, 950 g/m²;
A proporção do livro, vale a ressalva, foi de acordo com as leis diabólicas do trítono,
que equivale à proporção de 1: 1,414,
Assim como a música Black Sabbath!
Titivillus in culpa est

www.ingramcontent.com/pod-product-compliance
Lightning Source LLC
La Vergne TN
LVHW051550170726
843492LV00006B/2030